我

COGITO

思

沈志明 主编

Collection de précurseurs

先驱译丛

(法) 阿蒂尔·兰波 著

王以培 译

孤儿的新年礼物

兰波诗歌集

Arthur Rimbaud

Les Étrennes des orphelins

GUANGXI NORMAL UNIVERSITY PRESS

广西师范大学出版社

·桂林·

孤儿的新年礼物：兰波诗歌集
GUER DE XINNIAN LIWU：LANBO SHIGEJI

策　　划：吴晓妮@我思工作室
责任编辑：韩亚平
装帧设计：何　萌
内文制作：王璐怡

图书在版编目（CIP）数据

孤儿的新年礼物：兰波诗歌集 / (法) 阿蒂尔·兰波著；王以培译. -- 桂林：广西师范大学出版社，2021.11
（先驱译丛 / 沈志明主编）
ISBN 978-7-5598-4274-9

Ⅰ. ①孤… Ⅱ. ①阿… ②王… Ⅲ. ①诗集－法国－近代 Ⅳ. ①I565.24

中国版本图书馆 CIP 数据核字（2021）第 191119 号

广西师范大学出版社出版发行
（广西桂林市五里店路 9 号　邮政编码：541004
网址：http://www.bbtpress.com）
出版人：黄轩庄
全国新华书店经销
山东韵杰文化科技有限公司印刷
（山东省淄博市桓台县　邮政编码：256401）
开本：787 mm × 1 092 mm　1/32
印张：6.75　　字数：227 千
2021 年 11 月第 1 版　　2021 年 11 月第 1 次印刷
定价：46.00 元

CONTENTS

目　录

第二辑　醉　舟（1871）　/ 083

第三辑　记　忆（1872）　/ 155

译　序

《荷马史诗》云：“正如树叶枯荣，人类世代也是如此……一代出生，一代凋零。”每个新年，都有人离世，有人出生。而面对世代的“世纪儿”，或一个孤儿，你送他怎样的礼物？这是个值得思考的问题。何况在生死之间，面对沧桑人世，世态炎凉，我们每个人都是孤儿；人类乃至星球本身也是如此，孤零零飘在茫茫宇宙间，至今没有方向，“没有未来”。

时光流转，流年易逝，连同生命本身也随时日消亡。现如今，面对孤儿、孤独，面对如约而至的“新年”，一如面对自身，生命的本质，我们能拿出什么像样的“礼物”？

《孤儿的新年礼物》是兰波创作的第一首诗，创作之时，兰波还不到15岁，那是一个人最好的年龄，就像杜拉斯在《情人》中说：那年我 15 岁。同样的年龄，15 岁，如果说杜拉斯找到“情人”，那么兰波只找到孤独。孤独就是兰波的情人，终其一生。

这首诗的标题原文为 Les Étrennes des orphelins，我注意到，在各个版本中，Étrennes（“新年礼物”）都是大写，而 orphelins（“孤儿”）则是小写，这有些不同寻常：可见“新年礼物”才是最重要的！Étrennes 的另一个意思是指“初次使用的新东西”——对于杜拉斯来说，15 岁初尝禁果，对于兰波来说，则是初尝孤独。

然而，“我是另一个”，兰波在书信中这样说，并做了一个惊世骇俗的文字游戏：Je est un autre。

这看似一个错误，却在无形中一语中的，颠覆了“传统文学”，开辟了一个直达“未知”（l' inconnu）的新思维，新局面。正如兰波在《彩图集 · 永恒》中所说：“必须绝对现代！”——本来，按照法语的动词变位规则，“我是……”必须是 Je suis...，而 Je est... 则成了“他是……”，这相当于在英语中不说 I am，而说 I is someone else。这么“简单”的文字游戏，在英语中，好像还没人这么说过。——这不重要。重要的是，这么一来，“我”就不再是我了，成了“另一个”。这不禁让人想起我们常津津乐道的王国维先生总结的文学境界：“有‘有我之境’，有‘无我之境'……"可谁承想，在"有我"与"无我"之间还有一个"第三者"，或曰更高的"维度"："我"既非"有"，亦非"无"，而是"另一个"。一如《红楼》(第二十二回)所云："无我原非你，从他不解伊。肆行无碍凭来去，茫茫着甚悲愁喜？纷纷说甚亲疏密？"兰波正是如此：当诗歌的"大幕"徐徐拉开，最先出场的竟是"新年"和两个刚刚失去母亲的四岁孤儿，躲在长长的白窗帘后面，空荡荡的大房间好像"冰雪封冻的巢"；房间里，两个窸窣低语、瑟瑟发抖的孩子，窗外两只互相贴近的"受冻的鸟儿"……在孤儿眼里，一切都是母亲，比如"新年"——

新年正随着一场晨雾降临，
拖着她雪白的裙褶，
哭泣着微笑，战栗着歌吟……

在这里，在这首诗里，在兰波的诗歌中，乃至茫茫人世间："我是谁？"兰波一出场便隐匿了自己，化身为两个"孤儿"，出现在失去母亲的冰冷的大房间里。兰波有一位严厉的母亲，在《七岁诗人》中，"她有一双会撒谎的蓝眼睛"。而在诗歌中，失去母亲的"孤儿"是谁，"母亲"又是谁？归根到底，"我是谁"？兰波的全部诗歌一直在暗自探寻：

其自身既是答案，也是问题。在兰波的诗歌和精神世界中，始终存在着悖论，如《仁慈的姐妹》诗云：

> 盲女睁大了眼睛沉睡，我们
> 全部的拥抱都在于一个悖论：
> 你用自身的双乳将我们哺育；
> 我们轻摇着你美好而庄严的“热情”。

这里存在双重悖论：提供乳汁的，正是被哺育者；摇着摇篮的圣母马利亚本身，也被人类轻轻摇曳，成了“热情”。而依照这个“逻辑”，我们是否可以说“孤儿的新年礼物”，正是孤独本身？

是的，我想，这样说是有依据的，兰波的生平及命运便是最好的证明。阿蒂尔·兰波（Arthur Rimbaud），1854年10月20日生于法国巴黎东北部的小城夏尔维勒（Charleville），1891年11月10日卒于马赛，短暂的一生，只活了37个春秋。有生之年的孤独、凄凉，与身后的光辉灿烂，几乎形成了鲜明的对照。而兰波的命运似乎仍在追问：用一生的孤苦，换取身后的“花团锦簇”有何益处呢？谁愿意这样？除非他相信永恒，并鼓足勇气，将仅有的一次生命朝向“永恒”纵身一跃，一如《醉舟》之中，那个伤心欲绝的孩子“蹲在水边”，“朝向芬芳的黄昏”，“放出一只脆弱有如五月蝴蝶的小船”。这里我想纠正一个自己从前犯的错误，也是翻译界普遍的错。长诗《醉舟》结尾处，关键一句：

若是我渴慕欧洲之水，那该是
一片阴冷的碧潭，一个孩子蹲在水边，
伤心欲绝，朝向芬芳的黄昏，放出一只
脆弱有如五月蝴蝶的小船。

这里的介词 vers 是“朝向”，而非“将近”。之所以这个错误如此严重，因为“芬芳的黄昏（crépuscule embalmé）”不是一个“已然到达的”时间概念，而是尚未抵达而心中渴慕的“美”与“永恒”——

终于找到了。
什么？——永恒。
那是沧海
随太阳消逝。

如此看来，“时间”与生命，在兰波皆是一种混乱、混沌，如他在《文字炼金术》中宣称："我最终发现，我精神的混乱是神圣的。"也正因为如此，《七岁诗人》自云：

只因幻象压得他头晕目眩，
他听见斑驳的树篱沙沙乱颤。
…………
七岁，他开始写小说，
写大漠自由放浪的生活，
森林、太阳、河岸、草原！
——他开始翻阅带插图的小报，红着脸
看那些嬉笑的西班牙女郎和意大利姑娘。
当邻居工人的女儿走过来，她八岁，
疯狂，栗色眼睛，身穿印第安布裙，
这个野姑娘从一个角落，
一下跳骑到他的背上，甩着小辫子，
他在她下面，猛咬一口她的屁股，
是的，那个女孩从来不穿长裤；
被她一顿拳打脚踢，之后
带着她皮肉的滋味回到小屋。

我怀疑这些都是真的，是兰波的亲身经历，童年的

“滋味”。如《孤儿的新年礼物》中明确提到“父亲在很远的地方”——兰波的父亲也是如此。可见，孤儿是我非我，似是而非，更接近文学与生命的本质。经学者们研究证实：“兰波从小就在街上和野孩子一起玩，他的母亲为此大为恼火（他的父亲很早就离开了家庭）。14 岁，兰波就用拉丁文写了一首 60 行的诗歌寄给拿破仑三世的儿子。1870 年，兰波这个军官的儿子成了一名反军国主义者；他的父亲曾跟随比热尔的军队参加过征服阿尔及利亚的战争……”

兰波第一次离家出走是在 1870 年 8 月 29 日，从故乡夏尔维勒小城，来到巴黎。“刚一下火车就被抓住，”兰波在写给导师乔治·伊桑巴尔（Geoges Izambard）的亲笔信中说，“因为身无分文，还欠了 13 法郎的火车票钱，我被带到了警察局，今天，我在马萨（Mazas）等待判决！”呵呵，如今，兰波早已被“释放”，自由自在地出入巴黎、法国乃至整个世界，或者说被“放逐”至“永恒”；而我们或许还被关在人世间，有形或无形的某个局子里，亦未可知。

第一次离家出走，兰波还不到 16 岁，而这时，他已创作出光辉的诗篇：“十七岁的年龄，什么都不在乎……”直到 1871 年 9 月，他遇见魏尔伦，当时兰波 17 岁，魏尔伦 26 岁。之后，魏尔伦请他去巴黎，二人的身影便出现在巴黎的咖啡馆里，以及伦敦、比利时……直至后世的电影和后世的思念与幻梦中。他们一同沉醉，羞辱作家名流，为巴黎公社的遇难者举杯——此事非同小可，参见《乌鸦》《加西河》《巴黎战歌》，连同《醉舟》中的“红种人”（les Peaux-Rouges）。

1873 年 7 月 5 日，兰波从伦敦给魏尔伦写了最后一封信：

亲爱的朋友：

你落款“在海上”的那封信我收到了，这一次，你错了，完全错了。首先，你信中所说的一切都不着边际。你的妻子会回来，什么时候，三个月或三年以后，谁知道呢？至于毁灭，我了解你！你将在等待你的妻子和等死的过程中东奔西突，四处飘零而令人厌倦。不是吗？你，你还没意识到这种愤怒对于双方来说都是虚假的吗？而且你，你最终的错误在于，我已经提醒过你，你还坚持这种虚情假意。你以为跟别人在一起会比跟我在一起更幸福吗？痴心妄想！——啊！那是绝对不可能的！

只有和我在一起，你才能自由，因为我已发

誓将来要对你特别好，我痛悔自己从前犯下的错误，而最终我获得了纯粹的精神，我非常爱你，如果你不愿回来或不想让我跟你联系，那将是犯罪，而且你将因长年失去自由而痛悔并痛苦至极，那将是你一生从未经受过的痛苦。事到如今，再想想你认识我之前的情形！

这封信如今读起来好像不仅是写给魏尔伦的，如今“在海上”的又是谁？人生苦海，谁能逃脱？一如兰波一生浪迹天涯，从孤独出发，最终仍未逃出“孤独”。

1873 年 7 月 10 日，魏尔伦醉后开枪打伤兰波（据说是因为兰波想离开他），被判两年监禁，此后，陷入绝望的兰波徒步从巴黎走回故乡夏尔维勒，并一气呵成创作出《地狱一季》，而在完成了《彩图集》之后，19 岁的兰波，便永久放弃了文学创作。

1875 年 3 月，兰波去斯图加特看望魏尔伦，此后二人一刀两断，永不再见。1876 年，兰波参加了荷兰雇佣军，三星期之后便开小差，在斯堪的那维亚半岛和意大利旅行。1878 年，兰波去塞浦路斯当了一名监工。1880 年，得了一场伤寒，之后又去了埃塞俄比亚、亚丁……做过武器贩子、咖啡出口商、摄影记者、地质勘探队员……从一个任性的孩子，变成一个目光深邃的严峻的男人。直到 1891 年 2 月，膝上生了肿瘤，他不得不回到法国做截肢手术。这位横空出世的法兰西“通灵诗人”一生用的最后一个比喻，是在 1891 年 5 月 23 日从马赛写给家人的信中：“病魔已使我骨瘦如柴，我的右腿现在肿得像个大南瓜。……生命对我来说已变得不可能了。我是多么不幸！我已然如此不幸！”而他临终前的最后一句话，是对法国邮轮公司经理说的：“告诉我，什么时候才能把我送到码头……”

现如今，谁还在码头等候？

王以培

2021 年 8 月，于北美荒凉小城莫拉加

第一辑

孤儿的新年礼物

（1869—1870）

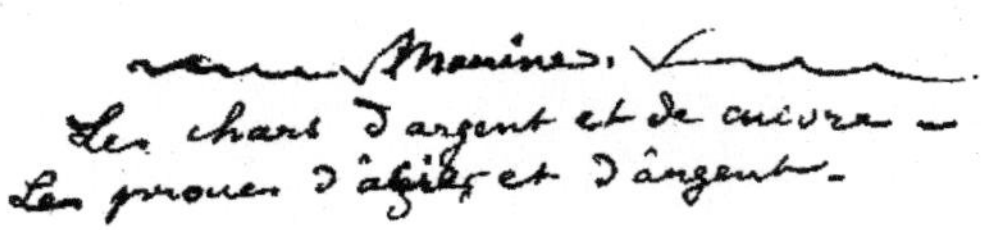
Marines.
Les chars d'argent et de cuivre —
Les proues d'acier et d'argent —

十二岁时的兰波

孤儿的新年礼物[1]

I

卧室布满阴影；人们隐约听见
两个孩子温柔伤心的低语，
他们歪着脑袋，还在沉沉梦想，
长长的白窗帘瑟瑟颤抖、飘扬……
——窗外受冻的鸟儿正互相贴近；
翅膀已在灰白的天空中冻僵；
新年正随着一场晨雾降临，
拖着她雪白的裙褶，
哭泣着微笑，战栗着歌吟……

1 根据让-卢克·斯坦梅兹（Jean-Luc Steinmetz）的注释，这是人们所知的兰波最早的一首诗，创作于1869年12月，未见手抄本。1870年1月发表于《大众文学杂志》（*La Revue pour tous*）。译者注。本书脚注均为译者注。

II

那飘动的窗帘后面，孩子的悄声细语，
仿佛来自模糊的夜色。凝神静听，
又像是远方的潺潺流水……
他们时常从清晨清脆的金铃中惊醒，
那金属音调，在玻璃罩里
反复敲击、震荡……
——随后，卧室结满冰霜……
人们看见散落床边的丧服，拖到地上：
冬日凛冽的北风穿堂入室，
吹来阵阵悲凉的寒气！
人们这才感到，屋里似乎缺了什么……
——这两个小孩儿没了母亲，没有了
甜甜微笑、为他们深深自豪的母亲？
她一定忘了在夜晚独自俯身
拨开熄灭的灰烬，生一堆火，
忘了给他们盖上毛毯和鸭绒被，
忘了在临别之前说声：对不起。
她或许没想到清晨会这么冷，

忘了把冬夜北风关在门外边？……

——母亲的梦，是一床温软的羊绒，

是孩子们栖居的毛茸茸的巢，

有如摇晃的树枝上两只美丽的小鸟，

他们正享受着白茫茫的温柔睡眠！

——可这里就像一个没有羽毛，没有温暖的巢，

两个孩子又冷又怕，怎么也睡不着；

苦涩的寒风中，一个冰雪封冻的巢……

Ⅲ

您已心领神会——这两个孩子失去了母亲。

家里没了母亲！——父亲在很远的地方！

——一位年迈的女佣照顾他们。

孩子们待在冰冷的房间，孤苦伶仃；

四岁孤儿，心意渐渐苏醒，

生出一连串笑盈盈的回忆……

就像祈祷时人们拨弄的念珠：

——啊！多美的清晨，收获新年礼物！

这一夜，每个人都梦见自己的那一份，

在一些稀奇古怪的梦里，孩子们梦见玩具，

金光闪闪的糖果，亮晶晶的首饰，
旋转着，踏着音乐舞步，
先躲到窗帘后面，然后一齐涌出！
孩子们兴高采烈，在醒来的清晨，
揉揉眼睛，努努嘴唇，
清早出门，眼睛亮晶晶，
头发乱蓬蓬，就像在盛大节日里，
赤脚从地板上溜过，轻触
父母的房门……走进去！
……然后就是绵绵祝福……穿着睡衣，
亲吻连连，幸福无比。

IV

啊！曾经是多么美丽，这些话常萦绕耳边！
——可如今发生了怎样的变迁：
昔日的房间，烈焰熊熊，壁炉中
火光闪闪，老宅卧室被照得通亮；
宽大的炉膛映出的红红火光，
在清漆家具上欣欣跃动……
——橱柜没有钥匙！……没有钥匙，

那个大橱！孩子们紧盯着棕黑的橱门……
没有钥匙！……真奇怪！……
他们多少次梦见那板壁间沉睡的秘密，
以为听见了从张开的锁眼深处传来
遥远的回音，模糊、快乐的耳语……
——而今天，父母的卧室空荡荡：
门缝里没有一丝反射的火光；
没有父母，没有炉火，没有钥匙：
走进去，没有亲吻，也没有甜蜜的惊喜，
哦，新年的这一天，对他们是多么凄凉！
——一滴苦涩的泪，从蓝色大眼睛里
静静滑落。他们苦思冥想，
并喃喃自语："妈妈什么时候回来？"

V

这会儿，两个孩子伤心地睡去：
看见他们，您就会说，他们在梦里
哭泣，眼睛浮肿，呼吸艰难！
孩子的心，都异常敏感！
——而摇篮天使擦干他们的泪水，

在沉沉睡眠中投入幸福梦境，
瞧他们嘴唇翕动，在梦里
露出笑容，仿佛正轻轻说着什么……
——他们梦见自己枕着圆润的小手臂
懒洋洋醒来，抬起头，
迷迷糊糊，打量着四周……
感觉自己正躺在玫瑰色天堂……
身边的炉火正兴高采烈地唱着歌……
只见窗口呈现纯净的碧空
大自然苏醒，在晨光中
陶醉……半裸的大地重生复活，
在太阳的热吻中，瑟瑟颤动……
老宅中的一切都温热、鲜红：
阴暗的丧服不再铺满地，
门外的寒风也悄然止息……
听说有位仙女刚从这里经过！……
孩子们兴奋地大叫两声……
在那儿，母亲床边的大地毯上，
一束玫瑰色的金光
照亮了什么东西……
那是黑白相间的银质徽章，

折射出珠光和乌玉；

配有玻璃花环，黑色小镜框，

上面刻着三个金字：“A Notre Mère”[1]！

1　意为“怀念我们的母亲”。

感 觉

夏日蔚蓝的傍晚，我将踏上小径，
身刺尖尖麦芒，脚踩青青草地：
梦想者，我将从脚底感受清新：
任裸露的头顶，凉风习习。

什么也不说，什么也不想……
无尽的爱将涌入我的灵魂：
我将远去，到很远的地方，就像波希米亚人，
穿越大自然——快乐得有如身边有位女郎。

铁　匠

杜伊勒利宫，大约1792年6月10日[1]

手持大铁锤，庄严、沉醉，
令人胆寒，额头宽阔，
开怀大笑，像一只铜喇叭，
捉住那个胖家伙，狠狠瞪着他，
这一日，铁匠给路易十六训话，
他的脏衣扔在金碧辉煌的宫殿，
四周人潮涌动，人民聚集在这里，
好国王站在肚子上[2]，脸色煞白，
像个战败者，被送上绞刑台，
像狗一样驯服，不敢尥蹶子，
因为这些打铁的恶棍，肩宽体阔，
跟他旧话重提，说了些有趣的事情，

1　杜伊勒利宫（Tuileries），巴黎旧时王宫，现已改成公园。1792年6月10日，一大群饥民冲进宫中，质问站在窗口的路易十六。

2　原文 debout sur son ventre...，直译为“站在他的肚子上”，这是兰波发明的表达方式，意思是“（国王）挺着大肚子”。

这些话，可真要了他的命！

“你很清楚，先生，我们曾嘚啦啦唱着歌儿，
赶着耕牛[1]，到别人家的田里开出犁痕：
神父们站在太阳底下，数着金币做成的
明晃晃的念珠，念着主祷文。
地主老爷的马车疾驰而过，吹着号角，
一个用绞索，一个用马鞭，
抽打我们。——目光像母牛一样迟钝，
我们的眼里已不再流泪；我们前进，前进，
当我们开垦出一片土地，
将我们的丝丝血肉埋进黑土……
我们这才得到一点儿赏钱：
——半夜回家，在陋室生一堆火；
我们的孩子就能烤出一份热腾腾的糕点。

……“哦！我并不抱怨。跟你说说
我干的蠢事，就在你我之间，你可以反驳。
看到六月里，装满干草的大车赶进谷仓；

1 原文 nous piquions les bœufs，直译为“我们刺着牛”，这是当时法国农民赶牛的一种方式：用锐器刺牛背。

闻到果园里，橙黄的牧草在细雨中散发清香；
看见麦田里的麦子颗粒饱满，麦穗金黄，
想到这些可以做成面包……难道不高兴？
哦！当然，人们欣喜若狂，笑逐颜开，
在炉火旁欢快打铁，尽情歌唱，
如果我们最终可以作为一个人，分享
劳动果实，领受这上帝恩赐！……
——然而，翻来覆去，总是这相同的古老故事！
…………

“而现在，我终于懂了！我，再不会相信你们，
只要我有一双好手，一颗脑袋，一把铁锤，
一个身披斗篷，腰佩短剑的人就向我走来，
对我说：无赖，给我种地去；
要是战争爆发，他们还会再来，
从我家里抓走我的儿子！
——如果我是一个人；而你，你是皇帝，
你就会对我说：我要！……——你瞧，这多愚蠢。

“你以为我会满心欢喜地看见你蓬荜生辉，

看见你那些成千的流氓无赖和金色官员[1]，
你的那些该死的私生子们像孔雀一样旋转：
他们使你的巢穴充满了我们女儿的气味，
而给我们留下的却是通往巴士底狱的票据，
我们还会说：这很好。穷人都下跪，
我们将献出滚滚钱财来装饰你的卢浮宫！
而你可以花天酒地，欢度佳节良宵，
——这些先生们可以骑在我们头上大笑！

“不！这些污秽皆始于我们的神父！
哦！人民已不再是娼妓！我们齐心协力，
向前三步，就将巴士底狱踏个粉碎！
这头畜生，每一块砖石都渗出鲜血，
令人恶心；巴士底狱站在那里，
斑驳的石墙向我们讲述着一切，
而我们总是被它的阴影所笼罩。
——公民！公民！这只是阴暗的过去，
当我们占领城楼，它即刻分崩离析！
我们心中有种东西就好像是爱情，

1 原文 tes officiers dorés，直译为“你的金色官员”，形容词 doré 本意为“镀金的”，这里引申为“奢华的”。

我们把孩子紧紧搂在怀里。
就像战马，鼻孔喘着粗气，
我们前进，孔武有力，这种东西在内心
激荡；我们昂首走向太阳，——就这样，——
走进巴黎！人们跑来围观我们这群肮脏布衣。
我们终于感觉到我们是人！我们脸色苍白，
但老爷，我们在可怕的希望中沉醉：
当我们站在黑色城堡面前
吹响铜号，挥舞着橡树枝[1]，
手握长矛；我们的内心并没有仇恨，
——我们感到自己强壮而充满柔情！
…………
…………

“自从这一天起，我们就像是发了疯！
成群的工人们涌上街头，
这些被诅咒的人群如洪流猛增，
如暗潮卷土重来，聚在阔佬家门口。
而我和他们一同奔波，痛打密探：

1　橡树枝是人民力量的象征。

我穿过巴黎，满面尘灰，肩扛铁锤，
愤然扫清每个角落里的坏蛋，
如果你敢嘲笑我，我就杀了你！
——然后，你就去伙同你的黑衣人[1]
好好合计，以便将我们一次次的申诉
退回，像踢皮球一样打入冷宫，
这群恶魔！他们低声说：‘这帮蠢货！’
为了炮制法律，给玫瑰色的政令和麻醉品
贴上标签，他们乐于收割新的人头税，
而当我们走近，他们便捏着鼻子走开，
——我们温和的代表也嫌我们肮脏污秽！——
他们什么也不怕，只怕刺刀……
这很好。让我们戳穿他们的骗局！
我们受够了，啊，这些平庸乏味、脑满肠肥的混账，
资产阶级，而这些就是你为我们准备的好东西，
直到我们残酷无情，将王权与神权一并粉碎！……”

1 原文 avec tes hommes noirs，直译为“伙同你的黑衣人”，这里指律师。在皮埃尔 · 布鲁奈勒（Pierre Brunel）编注的《兰波作品全集》中，此处为 avec tes avocats，即“伙同你的律师们”。

他抓住他的胳膊，扯下窗帘上的天鹅绒，
指给他看下面的大院子，在那儿，
人头攒动，人群纷纷起立，
可怕的人流卷起汹涌的波涛，
像母狗一样狂吠，如大海咆哮，
举着坚硬的大棒，挥舞着铁矛，
伴随着鼓声和菜市场、小酒店里的号叫，
黑压压的破衣烂衫渗出血色的小红帽：
从敞开的窗口，那人将所有这一切指给他看——
国王站立不稳，直流虚汗，脸色惨白，
这一切，把他吓出病来！……
“就是这群恶棍，
陛下，他们冲着墙壁流口水，翻墙而过
又重新聚集——因为他们还没吃东西，
这是一帮乞丐，陛下！我是一名铁匠，
我的妻子也在他们之中，她疯了！
居然要来杜伊勒利宫找面包！
——因为面包店不欢迎我们。
我有三个孩子。我是一个恶棍。——我认识
一些出门在外的老妇人，她们在帽檐下哭泣，因为人们抓走了她们的儿女：
这是一群恶棍。——一个男人被关进巴士底狱，
另一个被判服苦役：两人都是诚实的公民。
他们像狗一样被释放：受尽侮辱！于是，
他们忍无可忍，冲啊！这太可怕了！
他们不惜粉身碎骨，不怕下地狱，
他们这会儿就在那里，在您鼻子底下号叫！
恶棍。——他们中间也有堕落的女人，
因为，您知道，女人是软弱的，——
宫廷老爷们，——女人总是很需要的——
你们侮辱了她们的灵魂，却毫不在意！
你们的美人如今也站在那里：——这群恶棍。

…………

"哦！全天下的'受苦人'[1]，所有背朝烈日，
辛苦奔波，在繁重的劳作中呻吟流汗的人们，
恭喜你们，我的资产阶级！他们都站在这里，
作为'人'[2]！我们是工人，陛下！工人！

1 原文 les Malheureux，大写，"不幸的人们""受苦人"。
2 原文 les Hommes，大写的"人"，复数。

我们将创造伟大的新时代，那时人们
将寻求知识，并作为‘人’[1]从早到晚打铁，
追寻伟大的目标，伟大的事业，
逐渐成为胜利者，他将驯服天下，
登临一切，就像跨上战马！
哦！锤炼那光辉世界，再没有痛苦，
再也没有！——未知的一切，也许十分可怕：
我们要探寻！——手持大铁锤，审视所有已知：
然后，兄弟们，前进！
我们有时也会做动人的大梦：
单纯而热烈地生活，不去谈论邪恶，
怀着崇高的爱情去爱一个女人，
并在她微笑的注视下辛勤劳动。
人们每天充满自豪地工作，
听从责任，如同听从嘹亮的号角：
人们深深感受到幸福；没有人，
哦，再没有人会压迫你们……
人们把长枪挂在壁炉之上……

1 原文l' Homme，大写的“人”，单数。

…………

“然而，空气中充满了战斗气息！
我还能说什么？我只属于贱民！
这里还有暗探和投机商。
我们自由了，我们！我们感到害怕，
当我们发现自己伟大，如此伟大！
我刚谈到平静的责任和一个家……
仰望苍天，——这对我们来说太小了，
我们将因炽热而崩溃，我们将双膝下跪！
仰望苍天，——我回到了人群里，
回到恐怖而伟大的贱民之中，
他们在肮脏的大街上推动着你们那些
老式大炮：当我们死去，我们会将街道
清扫干净！——面对我们的呐喊与复仇，
如果金褐色的老国王胆敢伸出爪牙，在法兰西
四处调集他们盛装舞会上的华丽军团[1]，好吧，
各位都到齐了？——妈的，这帮狗东西！”

1　原文 leurs régiments en habits de gala，指身着晚礼服的军队。兰波在此讽刺国王派去抗击普鲁士军队的华丽军团不堪一击，等于白白送死。

…………

——他重新将大铁锤扛在肩头。

民众

在此人身边，都感觉到自身灵魂的陶醉，

在大皇宫，在所有房间里，

巴黎在怒吼，并气喘吁吁，

震荡着潮水般的贱民。尽管大肚子国王

满头虚汗，恐怖的铁匠

还是用他那沾满炉灰的神奇大手，

朝他头上扔去一顶红帽子[1]！

1　红帽子（bonnet rouge），1789年法国大革命时期，革命者都戴着这种红色的弗里吉亚无边软帽，又称“自由帽”。1791年，被软禁的路易十六批准了宪法之后，政府的印刷品上出现的路易十六也戴上了这种红帽子。

太阳与肉身[1]

I

太阳，这温情与生命的火炉，
将燃烧的爱情注入沉醉的泥土；
当你躺进山谷，你会感觉
大地已到了青春育龄，并溢出经血；
感到她硕大的乳房，被一个灵魂隆起，
仿佛出自女性的肉体，上帝之爱，
饱含着丰沛的光明和乳汁，
哺育一切萌芽、胚胎！

1 原文 Soleil et Chair，这是最初的版本。之后兰波将题目改为拉丁文 Credo in Unam，字句也略做修改与删节。本译文根据初稿。兰波的老师伊桑巴尔认为，这首诗歌是兰波在阅读了雨果《诸世纪的传说》中的《森林之神》以及《诸神的流放》之后受启发而创作的。

一切都在生长，一切都在向上！
——哦，维纳斯，哦，女神！
我痛惜那古老的青春时光，
多情的林神，野性的牧神，众神
在细枝密叶下缠绵地撕咬树皮，
在睡莲间，亲吻那金发仙女[1]！
我痛惜那乳汁遍地的时光，
滔滔河水，绿树丛中的玫瑰色血液，
将整个世界，注入牧神潘的静脉！
在那里，青青草地在山羊蹄下跳跃，
大地的嘴唇轻吻墨绿的排箫，
在碧空下奏出伟大的抒情歌谣；
他站在原野上倾听，欣欣向荣的
“自然”从四周发出回音；
那里沉寂的森林轻摇着歌唱的小鸟，
大地轻摇着人类，整个蓝色沧海，
和所有走兽飞禽，都在上帝的光辉里恋爱！

1 原文 Nymphe，指希腊神话中山林水泽的仙女。

我痛惜那伟大的库柏勒[1]的时光，
传说她美妙绝伦，乘着巨大的
青铜马车，游遍光辉城池；
她的双乳向着无垠的世界
倾注了无限生命的玉液琼浆。
幸福的人类吮吸着她那祝福的乳房，
就像孩童在她的膝上玩耍！
只因那时的人类，强壮温柔，纯洁无瑕！

…………

不幸！现在他说："我"洞悉了一切，
将闭上眼睛，捂住耳朵：
——再无众神，再无神明，"人"就是国王！
"人"就是上帝！爱情即是伟大的"信仰"！
——哦！假如人类继续吮吸你，库柏勒，
"众神"与"人类"的伟大母亲的乳房；

1 库柏勒（Cybèle），希腊神话中天地万物之母，使大地轮回，五谷丰登。库柏勒居住在山顶，外出时乘坐由狮、豹牵引的三轮青铜车。

假如人类未曾背弃不朽的阿斯塔耳忒[1]，
她曾显现于浩瀚的蓝色波光，
波浪散发出肉体之花的芳香，
玫瑰色肚脐将涌出雪沫，
这位女神，有着胜利者的黑色明眸，
并让林间夜莺与心中爱情纵情放歌！

II

我相信你！我相信你！神圣的母亲，
海生的阿芙洛狄忒！——哦！道路苦涩，
自从另一位神给我们挂上他的十字架，
然而只有你，维纳斯，我只信你！
——是的，人类忧郁而丑陋，在苍穹之下
忧愁，他穿上衣衫，因为不再纯洁，
因为他玷污了神灵高贵的塑像，
他的奥林匹斯神的身躯在肮脏的
奴役中枯萎，如火中圣像！

1 阿斯塔耳忒（Astarté），叙利亚神话中腓尼基的丰产女神，同时是保护自然生殖力的月神，保护婚姻和爱情的女神。古希腊时代，她常与阿芙洛狄忒在一起。

是的，即使死后，他仍想
活在白骨之中，而蔑视原初的美！
——你在偶像之中寄托了太多纯真，
你用黏土将女性塑造成神，
以便人类可以照亮自身可怜的灵魂，
并在巨大的爱情中缓缓上升，
从人间牢狱，走进光辉的艳丽，
——女人再也不知如何成为上等妓女[1]！
——好一出闹剧！世人竟嘲笑
伟大的维纳斯温柔、神圣的芳名！

Ⅲ

假如时光重来，时光已重临！
而人类已然终结，演完了所有角色！
伟大的时日，他已懒得打碎偶像，
摆脱了诸神，他将重生复活，
因为来自天空，他将探索苍穹！
理想，不可战胜的永恒思想，万物；

---

1 原文 Coutisane，首字母大写，阴性名词，原本指上流社会的交际花。

活着的神，在他肉体的黏土中，
在他的额头下燃烧，上升，上升！
而当你看见人类轻蔑古老的枷锁，
抛开一切恐惧，去探索未知的地平线，
你将赋予他神圣的“救赎”[1]！
——你将在大海的胸膛
辉煌靠岸，在永恒的微笑间
跃入浩瀚宇宙无限的爱情！
世界像一张巨大的竖琴瑟瑟颤抖，
在无边的亲吻中深深战栗！

——世界渴望爱情：你来让它平静。
…………

哦！人类已重新昂起他自由高贵的头颅！
原初之美春光乍现，让神在肉体的
祭坛上悸动！因现时的美好
而欢快，因病痛而苍白，人类
还要探求一切，——认知一切！思想，

1 原文 Rédemption，直译为“赎回”，此处指宗教意义上的“救世”“赎罪”。

这匹被禁锢了太久太久的野马，让它
从额头里蹿出！它知道这是为什么！……
让它欢蹦乱跳吧，人类将获得信仰！
——为什么苍穹静默，空间深不可测？
为什么金色星群浩渺如沙？如果
一直上升，人们在高处会看见什么？
一位牧者赶着人间这一大群羊，
缓缓走进浩渺时空？
而这茫茫太空拥抱的世界，
是否正随着永恒之声的音调颤动？
——人类真能看见？敢说“我相信”？
思想的回声不正是一场幻梦？
既然人类早已诞生，生命如此短暂，
他来自何处？沉入生命起源之深海？
萌芽与胚胎在巨大的“熔炉”深处，
其中“自然之母”让人复活？
这活生生的造物，只为在麦田
生长，在玫瑰丛中爱恋？……

我们无从知晓！——我们被无知
和狭隘的冥想所笼罩！

猴子一样的人类从母体中坠落，

我们苍白的理智遮蔽了无限，

我们渴望看见：——怀疑惩罚了我们！

怀疑，这只忧郁的鸟儿用翅膀拍打着我们……

地平线在永恒的躲闪中逃遁！……

…………

巨大的苍穹开了！神秘在“人类”面前

死去！人类叉着强壮的手臂，

在缤纷的自然无尽的辉煌中屹立！

他歌唱……树林高唱，河流低语，

歌声回荡着幸福，飘向光明！……

——这便是“救赎”！这就是爱情！这就是爱情！

…………

Ⅳ

哦，肉体的光辉！哦，理想之辉煌！

哦，爱情的复活，胜利的曙光，

众神与英雄们都拜倒在他们脚下，

洁白的维纳斯[1]和小厄罗斯身披
红玫瑰的瑞雪匆匆掠过，在他们美丽的
脚下，轻抚女人和初开的花朵！
哦，伟大的阿里阿德涅[2]站在岸边，
望着阳光下，忒修斯远去的白帆[3]
挥泪呜咽，哦，温柔的少女毁于一旦，
别说了！吕科斯[4]乘坐镶着黑葡萄的双轮车[5]，
在弗里吉亚的原野漫步，顽皮的老虎
和棕红的豹子在前面引路，
沿途的蓝色河流染红了阴暗的泡沫。

1　原文 Kallipyge，爱神维纳斯的别称。

2　阿里阿德涅，希腊神话中米诺斯与帕西法尔的女儿。在希腊英雄忒修斯要进入迷宫与牛首人身的妖怪决斗时，阿里阿德涅给了他一只线团。忒修斯把线头拴在门口，在杀死妖怪之后，顺利走出迷宫。

3　忒修斯杀死妖怪走出迷宫之后，原本要和阿里阿德涅一起逃走，但由于某种魔力驱使，当阿里阿德涅在那克索斯岛上睡觉时，忒修斯竟然忘记她而独自离开。传说忒修斯扬帆离去时，阿里阿德涅正临产，并在分娩中死去。

4　吕科斯（Lysios），希腊神话中的雅典英雄，曾遭遇迫害，流落小亚细亚。

5　双轮车（char），古罗马时期作战或比赛用的双轮马车，节日彩车。

——宙斯，这头白牛，欧罗巴[1]赤身裸体
骑在他的脖子上，像个孩子一样晃来晃去，
张开洁白的手臂，扑向波浪中
颤抖的天帝[2]强劲的脖颈，宙斯暧昧的目光
缓缓转向她，她闭上眼睛，苍白的花容
在宙斯额上垂落，在神圣的一吻中死去，
河水呜咽，金色泡沫
在她的头发上开满鲜花……
——在沙沙作响的夹竹桃和盛开的睡莲之间，
一只寻梦的大天鹅柔情缱绻，
悠悠滑行，并张开雪翅拥抱丽达[3]；
——当美妙绝伦的库普里斯[4]经过，
弯下她圆润、灿烂的腰身，骄傲地露出
丰盈的金色双乳，雪白的腹部点缀着

1　欧罗巴，前希腊时期的农业神。在后期神话中，为腓尼基国王阿革诺耳和忒勒法萨之女。天神宙斯爱上欧罗巴，化身为一头白牛，慢慢走近她。欧罗巴与白牛渐渐熟悉，竟骑到了牛背上，这时白牛突然跳入大海，踏浪飞奔。欧罗巴大声惊叫，抱紧白牛。宙斯将欧罗巴带到地中海对岸，这片土地从此就叫欧罗巴，即欧洲。

2　原文 Dieu，指宙斯。

3　丽达，希腊神话中忒斯提俄斯之女。宙斯为丽达的美貌所吸引，化身为一只天鹅，趁丽达在欧罗塔斯河沐浴时同她幽会。

4　库普里斯（Cypris），阿芙洛狄忒的别名。

黑色青苔；——赫拉克勒斯[1]，
这位驯兽师，光荣与力量的象征，
魁梧的上身披着狮皮，昂起
温柔、可怕的头颅，向着地平线走去！

在夏日朦胧的月光里，
德律阿得斯[2]浑身赤裸，
站立在镀金的苍白中，凝视着
寂静的苍穹，梦见满头青丝
在沉沉河水中投下阴影，
阴暗的林间空地，青苔布满群星；
皎洁的塞勒涅[3]披上面纱，诚惶诚恐地
靠近俊美的恩底弥翁[4]，
轻轻吻他，在苍白的光辉里，
——心醉神迷的泉水在远方恸哭……

---

1 赫拉克勒斯，希腊神话中的大力神。由于出身而被宙斯的妻子赫拉憎恶，并因此遭到赫拉诅咒，在疯狂中杀害了自己的孩子。为了赎罪，他完成了12项“不可能完成”的任务。

2 德律阿得斯（Dryade），山林仙女，树神，也作“树木”的代名词。

3 塞勒涅（Sélenè），希腊神话中的月神，爱上美少年恩底弥翁。

4 恩底弥翁（Endymion），是个凡人，神赐予他永久青春，但他必须长睡。塞勒涅每晚乘车从天空经过，都会来到恩底弥翁熟睡的拉特摩斯山洞，亲吻一下这位甜睡的美少年。正是这无望的爱情使得月神脸色苍白。

玉臂斜倚花瓶，仙女梦想着
那洁白的美少年，心潮起伏。
——一阵爱的微风，在逝去的黑夜，
从神圣的丛林与恐怖的大树间
吹过，阴暗的大理石肃穆庄严，
灰雀在众神的额上筑巢，——
众神倾听着“人类”与无限“世界”！

1870 年 4 月 29 日

初 夜[1]

——她就这样赫然袒露，
玻璃窗上冒失的大树
狡黠地投下树荫，
越来越近，越来越近。

坐在我的大椅子当中，
她半裸着，交叉着双手，
纤细的双足，小巧玲珑，
在地板上轻松地颤抖。

——我注视着一缕微光，
蜡一样的颜色，在她的微笑间

1 这首诗最早于1870年8月13日发表在巴黎的《责任》(*La Charge*)周刊上，之前的题目为《三吻》，在另外的刊物上，还曾叫作《三吻的喜剧》。

逃学，仿佛蝴蝶翅膀，闪烁在她前胸，
——玫瑰丛中的飞虫。

——我亲吻她纤细的脚踝。
她嫣然一笑，野性十足，
水晶般迷人的笑声，
抖落闪亮的音符。

双脚迅速缩进衬衣：
“到此为止！”
——一阵浪笑，
假装是在惩罚初次的非礼！

可怜的人儿在我的唇下战栗，
我轻吻她的眼眸：
——她的脑袋娇羞地向后仰起：
“哦，这样更好！……

“先生，我有两个字想告诉你……”
——我把其余的话，吻在她胸前，
这一吻，逗她一笑，

这一笑，说明她很情愿……

——她就这样赫然袒露，
玻璃窗前冒失的大树，
狡黠地投下树荫，
越来越近，越来越近。

奥菲利娅[1]

I

幽暗平静的波浪上安睡着群星，
洁白的奥菲利娅枕着长长的纱巾，
像一朵盛大的百合，缓缓漂移……
猎人的角声隐约来自遥远的森林。

1 奥菲利娅，莎士比亚悲剧《哈姆莱特》中哈姆莱特的情人。哈姆莱特误杀了她的父亲并离开她，奥菲利娅精神失常，不幸掉进溪水而丧生。剧中奥菲利娅离世之后，哈姆莱特的母亲向奥菲利娅的哥哥雷欧提斯描述："她爬上一根横垂的树枝，想要把她的花冠挂在上面；就在这时候，一根心怀恶意的树枝折断了，她就连人带花一起落进呜咽的溪水里。她的衣服四散展开，使她暂时像人鱼一样漂浮水上；她嘴里还在断断续续唱着古老的谣曲，好像一点感觉不到她处境的险恶，又好像她本来就是生长在水中一般。可是不多一会儿，她的衣服就给水浸得重起来，这可怜的人儿歌儿还没有唱完，就已经沉到泥里去了。"（引自《莎士比亚全集》卷九，117—118 页，朱生豪译，人民文学出版社，1978 年版）

千年就这样过去，自从忧伤的奥菲利娅，
这白色幽灵，从黑色长河上漂过：
千年就这样过去，自从她
温柔的疯癫，在夜风中喃喃诉说……

微风亲吻她的前胸，绽开花朵，
她那长长的纱巾被河水浸湿，
柳枝在她肩头哭泣、婆娑，
芦苇在她多梦的额上轻轻弯曲。

低垂的睡莲在四周叹息，
熟睡的桤木间，她偶尔惊醒，
一阵羽翼的轻颤，从巢中瑟瑟逃离，
一支神秘的歌，降自金色群星。

II

哦，苍白的奥菲利娅，美丽如雪！
是的，孩子，你已被河流卷走！
——因为那从挪威高山上吹来的风，
曾向你倾诉过苦涩的自由；

因为一阵微风吹乱了你的长发，
给你精神的幻梦带来奇异的声音；
在树木的呻吟和夜的叹息中，
你的心听见“自然”的歌吟。

因为那疯狂的大海发出的嘶哑喘息，
撕裂了你那过于柔弱的孩童之心；
因为四月的清晨，一位苍白的英俊骑士，
默坐在你膝下，一位疯狂的可怜人！

苍天！爱情！自由！哦，如此幻梦，疯癫的痴情女！
你融于他，就像雪融于火：
伟大的幻象窒息了你的言语，
——而可怕的无限又让你的蓝眼睛惊慌失措！

III

——诗人说，在灿烂星光下，
你来长夜，找寻你采撷的花朵，

说他曾在水上看见洁白的奥菲利娅

枕着长长的纱巾在水上漂着，像一朵盛大的百合。

吊死鬼舞会

黑色绞刑架，这可爱的独臂物，
游侠骑士在上面载歌载舞，
瘦骨嶙峋的魔鬼骑士，
萨拉丁[1]的骨骼。

贝尔塞毕斯[2]阁下一拉绳索，
小黑木偶就朝天空做个鬼脸。
一鞋帮拍在他们的脑门儿上，
他们就随着古老的圣诞乐翩翩起舞。

被击打的木偶抱住自己细长的胳膊：
就像抱着黑色管风琴，又像昔日

1　萨拉丁（Saladin），埃及苏丹，1171—1193年在位。曾统一埃及和叙利亚，1187年率领埃及和叙利亚联军攻占耶路撒冷。

2　贝尔塞毕斯（Belzébuth），迦南的神，日后在犹太人及基督徒眼中变成魔王。

贵族小姐担心走光而抱紧袒露的胸脯，
在丑陋的爱情中无休止地互相撞击。

乌拉！快乐舞者，再没有肚子！
舞台那么大，可以任意翻跟头！
吼！疯狂的贝尔塞毕斯
乱拉小提琴，管他是舞蹈，还是战斗！

哦，硬邦邦的脚后跟，坚不可摧！
几乎所有人都脱去了皮肤的外衣：
其他人面面相觑，也不害羞，都无所谓。
雪花给他们的颅骨戴上一顶白帽子。

乌鸦向着这些迸裂的脑袋俯冲，
一块肉拖在尖下巴上不停地抖动：
有人说，这是在混乱的阴影中比武，
僵硬的骑士向着纸糊的盔甲猛冲。

乌拉！北风从盛大的骷髅舞会上吹过！
黑色绞刑架如铁制管风琴！
狼群从紫色森林声声应和：

地平线上，天空是地狱的红云……

哎呀，这些葬礼上充好汉的人物
鱼贯而入，滑稽、阴险，
用粗壮的断指拨弄着苍白脊椎上的爱情念珠，
然而死鬼，这儿可不是念经的修道院！

哦！在这群狂舞的骷髅中，
一具巨大疯狂的骨骼蹿入赤色天空，
感觉脖子上勒着坚硬的缰绳，
依旧像一匹愤怒的野马抑制不住冲动。

小指蜷缩进咔咔作响的股骨，
声声尖叫，仿佛冷笑呵呵，
有如小丑回到了小木屋，
舞会上重新回响起骷髅之歌。

黑色绞刑架，这可爱的独臂物，
骑士们在上面载歌载舞，
瘦骨嶙峋的魔鬼骑士，
萨拉丁的骨骼。

达尔杜夫[1]的惩罚

戴手套的手，在圣洁的黑袍下，快乐地
拨弄着，拨弄着他多情的心，
这一天出门，他温柔无比，
脸色蜡黄，缺牙的口中流淌着虔诚的信仰。

这一天，他正要前去“祈祷”[2]，
——一个“恶棍”[3]狠狠揪住了他的耳朵，
从他湿乎乎的皮肤上扯下圣洁的黑袍，
甩出几句狠话，吓得他直哆嗦！

惩罚！……他的衣扣全被扯开，
被宽恕的罪孽像一长串念珠，

1 达尔杜夫（Tartuffe），莫里哀喜剧《伪君子》中披着宗教外衣的伪君子。
2 “祈祷”，原文为拉丁文 Orémus。
3 原文为 Méchant，首字母大写，指恶人，坏人。这里应为反语。

在他心里打转，达尔杜夫脸色惨白！

于是，他开始忏悔、祈祷，嗓音嘶哑！
而那人还是乐意扯下他教士的衣领[1]……
瞧，达尔杜夫从头到脚，一丝不挂！

1 原文 rabat，阳性名词，指旧时教士或法官佩戴的领圈、领巾，或旧时男士服装的大翻领。

妮娜的妙答

他：你的胸贴着我的胸，
走？我们一起去
清新的阳光里
深呼吸。

蓝色清晨，会让你
沐浴日光美酒？……
当所有树枝
都因为爱，默默流血、颤抖。

每一根树枝，每一滴绿色朝露，
每一株闪烁的蓓蕾，
胡乱拉一通小提琴，所有张开的事物，
都让人感受到肉体的战栗：

沉浸于三叶草，
你身上的白浴袍
将在你黑色大眼睛周边的
蓝色空气中，变成玫瑰色，

乡村情人[1]，
四处撒种[2]，
你狂笑不已，
如香槟泡沫，

笑我野蛮、沉醉，
就这样，一把揪住你
——美丽的辫子，
哦！——我将啜饮

你覆盆子与草莓的滋味，
哦！花一样的玉体！
笑劲风吻你，

1 原文 Amoureuse de la campagne，这里是个双关语："乡村情人"或"爱上乡村"。
2 法语中"撒种"（semant），发音如同"彼此相爱"（s' aimant）。

像个窃贼，

笑野蔷薇亲切温存，
将你缠绕：
尤其笑你的情人，
哦，那疯狂的头脑！……

…………

——你的胸贴着我的胸，
彼此心声交融，
渐渐地，我们将到达激流，
随后是灌木丛！……

而后像个死去的孩子，
心灵昏厥，
你会半闭着眼睛
对我说，我载着你[1]……

1 原文 Tu me dirais que je teporte，其中动词（原形）porter 包含“承载”、“怀抱”“怀（胎）”“包含”“运送”“穿戴”等多重含义，而这些意思，这里都有。

心灵悸动，我载着你，
深入小径：
飞鸟滑出如歌的行板：
投入榛树林……

我会在你口中
对你说；心醉神迷，
我会抱紧你的身体，
就像哄孩子入睡；

蓝色血液在洁白的肌肤下
涌流，色调殷红：
我会对你直说……
过来！……你知道的……

我们茂盛的丛林
会感受到液汁流动，
阳光将铺开纯金
和林间花红柳绿的大梦。

夜晚？……我们将重返
白色小路，
小路四处游荡，
像一头吃草的动物。

蓝草蔓生果园，
苹果树弯弯曲曲！
十里之外，
依旧芳香浓郁！

当天色渐暗，
我们就返回村庄；
傍晚的空气里，
会飘来阵阵奶香；

并散发出牛棚里
热腾腾的牛粪的气味，
伴随着呼哧呼哧的喘息，
还有宽厚的牛背，

在暮色中闪烁；

就在那儿，
一头高傲的母牛，
将一边拉屎，一边走……

祖母戴着眼镜，
伸长了鼻子，
正在研读祈祷书；
啤酒桶套着铅箍，

在大烟斗的袅袅
烟雾中，泛着泡沫：
那厚厚的嘴唇
大口大口地吞云吐雾，

猛咬一口叉子上的火腿，
越吃越有味：
火光映红了小床，
还有衣柜。

一个小胖墩儿跪在地上，
撅着光亮的肥屁股，

将口鼻都伸进
杯子里喝水；

一只动物凑到近前，
友好地打着响鼻，
舔着小宝贝的
圆脸……

（一个可怕的黑影，
傲慢地靠在椅子边缘，
一位老妇人正在
炭火前穿针引线；）

亲爱的，多少良辰美景，
我们都将从陋室里看见，
当火苗映红了
灰色方砖！……

——随后，一窝雏鸟
在清幽的丁香花丛中筑巢：
隐蔽的玻璃窗

躲在暗中偷笑……

来吧，你快来呀，我爱你！
这将是多美呀。
你快来呀，难道不，甚至……

她：我的办公桌呢？

乐曲声中

杜夏尔维勒站前广场

广场上，草坪铺得整整齐齐，
一切都规规矩矩：花草树木；
周四晚上，全城的布尔乔亚都热得透不过气，
于是带来了他们愚蠢的嫉妒。

——花园中央，军乐队摇晃着圆筒军帽，
和着短笛华尔兹的节拍：人们看见
队伍第一排，一个油头粉面的青年样子很可笑；
公证人挂着他刻满数字的表链。

食利者戴着夹鼻镜，议论着这里那里走调；
肥胖的公务员跟在他们肥胖的太太身旁，
好像民间赶象人赶着他们的大象，
太太们身上的服饰，好像公共广告。

一帮退休的杂货店主斜靠着绿色长椅，
用圆头手杖在沙地上指指画画，一本正经地
讨论着合约，随后往银盒里填上鼻烟，
又继续说道："总而言之！……"

一位阔佬坐在长椅上伸着浑圆的胖腰，
衣服上闪着亮晶晶的纽扣，
挺着弗拉芒人的大肚子，叼着烟斗，
烟雾袅袅，您知道，这是走私烟草——

一群小流氓冷笑着在草地旁经过；
年轻的步兵听着长号的乐曲心旌摇荡，
他们如此天真，闻着玫瑰花香，
抚摸着婴儿，只为引诱那些女仆……

——而我呢，像个大学生衣冠不整；
却早已被绿色栗树下，一群机警的女孩
发现，她们笑着朝我转过身来，
眼里充满了冒失的神情。

我一言不发：痴痴地望着她们白皙的

脖颈，披着疯狂的发绺；
潜入她们的短上衣和清凉装束，
从圆润的肩膀，到神圣的背后。

迅速脱去靴子、短袜……
——激情似火，燃遍我全身。
她们觉得我很可笑，并悄悄议论……
——我感到阵阵亲吻正靠近我的嘴唇……

惊呆的孩子

茫茫雪雾，几个黑影，
映在闪亮的大通气窗上，
撅着圆圆的屁股——

跪在那里，五个可怜的孩子！
正眼巴巴望着面包师
做着金黄的大面包……

看那粗壮的白手臂
揉着灰面团，然后
送进炉膛，那个明亮的洞里。

听着面包吱吱作响，
肥胖的面包师
哼唱着一支古老的乐曲。

而他们蜷缩在那里，一动不动，
通红的气窗呼呼喘息，
仿佛火热的心胸。

当午夜钟声敲响，
金黄的面包出炉，
带着噼里啪啦的响声，

当烟熏火燎的屋梁下，
香喷喷的面包壳
和蟋蟀一同欢歌，

当热烘烘的炉膛虎虎生风，
他们的灵魂如此陶醉，
衣衫褴褛，

他们重新感受到浑身活力，
这些可怜的孩子满身冰凌！
冻在那里，所有的孩子，

粉红的小嘴紧贴着铁网[1]，
正对着网眼，
轻声歌唱，

悄声细语，如同祈祷……
迎着重放的天光，
他们缩成一团，

——用力过猛，将短裤挣裂，
——他们的衬衣，在冬夜
寒风中，瑟瑟颤抖。

1 原文 au treillage，指通气窗上的网格。

传奇故事[1]

I

十七岁的年龄，什么都不在乎，
——一个美丽黄昏，喧闹的咖啡屋
灯火闪亮！啤酒和柠檬汁都不再喝了，
——人们这就去椴树林荫道漫步。

椴树飘香，在六月迷人的晚上！
空气轻柔，风中夹杂着声音；
闭上眼睛，——城市就在近旁——
连同酒香和葡萄藤的芳馨……

---

1 这首诗作于1870年，其时，兰波还不到16岁。

II

抬头仰望，一小片残破的阴空
嵌入树枝勾勒的小画框，
被一颗恶意的星星刺中，星光
苍白、微弱，战栗着，渐渐消融。

六月之夜，十七岁！——让自己微醺，
香槟的酒力开始上头……
人们飘飘欲仙；感到唇上一吻
蹦蹦跳跳，像一头小野兽……

III

狂野之心漂流[1]鲁滨逊传奇，
——一个小姑娘如此俏丽，
在苍白的路灯下前行，
身后跟着穿长衫的父亲可怕的阴影……

---

1 原文为兰波发明的一个动词 Robinsonne（r），意思是“像鲁滨逊一样漂流”。

她似乎看出你太过天真，
于是甩开小皮靴踢踏飞奔，小心，
忽然间，她猛一回身，
——您唇上的咏叹调瞬间凋零……

IV

您一往情深。爱到八月。
您一往情深。您的十四行诗让她开心。
朋友们都走了，说您品位低，
——然而，一天晚上，心上人突然来信……

——这天晚上……您又重回灯火闪亮的
咖啡屋，要了些啤酒或柠檬汁……
——十七岁的年龄，什么都不在乎，
人们这就去椴树林荫道漫步。

九二与九三年的死者[1]

七十年代的法国人，波拿巴主义者，共和主义者，还记得你们父亲在九二年的经历吗？……

——保罗·德·卡萨尼亚克

九二与九三年的死者，
在自由的热吻中失血安睡，
而套在全人类灵魂与头脑中的枷锁，
在你们脚下，被彻底踏碎；

风暴中伟大的人们，如此沉醉，

1 G.伊桑巴尔标明这首诗创作于1870年7月17日。根据让-卢克·斯坦梅兹的注释，这首诗是针对保罗·德·卡萨尼亚克（Paul de Cassagnac）1870年7月16日发表在《国家报》（*Le Pays*）上的一篇文章而作，这篇文章号召人们投入保卫法兰西、抗击普鲁士人的战斗，鼓舞了"无套裤汉"（des sans-culottes）的士气。

褴褛的衣衫下，跳荡着赤诚的爱心，
哦，士兵们，死亡这高贵的情人
将你们播撒在旧犁痕中，只为让你们重生；

你们的血，洗清了被玷污的庄严，
瓦尔米[1]的死者，弗洛吕[2]的死者，意大利的死者，
千百万基督徒的目光，因此温存、黯淡；

愿你们与共和国一同长眠，我们服从国王[3]
就像屈从于军棍，——说起你们，
卡萨尼亚克家族的先生们[4]还在那儿高谈阔论！

---

1 瓦尔米（Valmy），位于法国东北部马恩省，1792年9月20日，拿破仑率军在此击溃普鲁士军队。

2 弗洛吕（Fleurus），位于比利时瓦隆地区的城市，1794年，拿破仑率军在此战胜奥地利军队。

3 这里指拿破仑三世（Napoléon III，1808—1873），与兰波（1854—1891）同时代。

4 卡萨尼亚克家族的先生们（Messieurs de Cassagnac），指文章的作者保罗·德·卡萨尼亚克（Paul de Cassagnac）和他的父亲阿多夫·格拉尼·德·卡萨尼亚克（Adolphe Granier de Cassagnac），他们是法国一支续存的贵族保皇党人。兰波在此讽刺这些人自诩为波拿巴主义者，试图延续帝制，整天高谈阔论。

罪　恶

当机关枪喷吐着红红的火舌，
子弹整日从蓝天之无垠呼啸而过；
红红绿绿的军队[1]在战火中成堆地倒塌，
倒在国王[2]身边，而国王还在看他们的笑话。

当可怕的疯狂将成千上万的生命碾碎，
将他们化为硝烟；——可怜的死者！
倒在夏日草原，你的幸福怀抱，
大自然啊，这些神圣的人们原本是你的杰作！
……

1　这里指普法战争中双方的士兵。在普法战争中，法军穿的是用茜草染成的红色军服（en uniforme garance），普鲁士军队穿的是绿色军服（en uniforme vert）。参见《山谷睡人》，那位长眠山谷的士兵，兰波并未提及他的国籍，也不在意他属于哪一方军队，兰波看重的，只是他是一个人。

2　指拿破仑三世。

有个上帝还在微笑，向着祭坛上的锦缎，
向着香火和金质圣餐杯微笑着，
他一定是在赞美诗中睡着了；

当他醒来，母亲们已满心伤悲，
身穿丧服，在黑色旧帽檐下哭泣，
她们还用手绢托着大把的银钱献给上帝！

恺撒的疯狂

苍白的男人[1]，身着黑衣，叼着雪茄，
沿着开花的草坪缓缓而行[2]；
苍白的男人，缅怀着杜伊勒利宫的鲜花，
暗淡的眼神时而重燃一线光明[3]……

因为二十年来的欢宴把皇帝灌醉！
他自言自语："我要吹灭自由，
轻轻一吹，就像把一根蜡烛吹灭！"

---

1 根据皮埃尔·布鲁奈勒的注释，这是指拿破仑三世，他病弱、战败、被俘且被囚禁。

2 1870年9月1日，普法战争中决定性的战役——色当会战（Bataille de Sedan）打响，结果法军惨败，拿破仑三世本人也沦为阶下囚，被囚禁在普鲁士索姆省的城堡之中。此后，他便脱下军服，换上平民的"黑衣"。

3 根据当时的一位见证人，波蒙-瓦思（Beaumont-Vassy）子爵回忆："（当时的拿破仑三世）眼神迷茫，只是偶尔闪烁着内心思想的光芒，对我而言，这首先意味着在政治上的强大的力量……"其实，拿破仑三世战败之后，还在梦想着恢复帝制。

但自由重生！他肝胆碎裂！

他被活捉。——哦！哆嗦的嘴唇还在说什么
名字？啮咬着他的是怎样的遗憾？
人们不得而知。皇帝翻着白眼。

也许他回想起那位戴眼镜的教父[1]……
——看着雪茄燃起的丝丝青烟，
正如圣–克鲁[2]之夜的一缕残云。

1 这里是指埃米勒·奥利维耶（Emile Ollivier，1825—1913），法国政治家、作家，法兰西学院院士，曾任拿破仑三世的司法部长，1870年向普鲁士宣战时的法国总理，战败后被迫辞职。后侨居意大利。对于普法战争，他曾说自己以“一颗轻松的心，接受沉重的责任”。

2 圣–克鲁（Saint-Cloud）曾经是皇帝的一处住所。

冬之梦

献给……她。

冬天，我们将钻进一节玫瑰车厢，
里面有蓝色座椅。
每个温软的角落，都栖息着一个热吻的巢穴，
我们舒适无比。

闭上眼睛，不去看那玻璃上
晃动的黑影，
那些流窜的鬼怪，黑色妖魔，
黑色狼群。

随后，你将感到脸被划伤，
一个小小的吻，像一只疯狂蜘蛛，
爬到你脖子上……

“哪儿去了？！”你仰面惊呼，
——我们找了半天，
小虫已大踏步深入……

1870年10月7日，于车厢内

山谷睡人

这是一座青青山谷，欢唱的小河
将破碎的银光挂上草尖；
太阳升上巍峨的高山，光辉灿烂：
这是一座小山谷，倾吐着光的泡沫。

一名年轻的士兵，张着嘴，露着脑袋，
脖颈浸没于清鲜的蓝色水芥里，
他睡着，在苍天下展开肢体，脸色苍白，
阳光在他的绿床上，洒下光雨。

双脚伸进菖兰花丛，他睡着，面带笑容，
像是一个病弱的孩子脸上的微笑；
大自然用温热的怀抱将他轻摇：他很冷。

花香已不再使他的鼻翼颤动，

他睡在阳光里，一只手搁在静静的前胸，
在他胸腔右侧，有两个红色弹孔。

1870 年 10 月

绿色小酒店

八天来，我在石子路上奔波，
走进夏尔鲁瓦[1]，已磨破了一双靴子，
在绿色小酒店：我要了
面包片、黄油和半凉的火腿。

真幸运，我在绿色餐桌下伸直了双腿，
凝视着壁毯上的人物，天真又可爱——
这时，一位乳房硕大，
目光热切的姑娘向我走来。

她并不是前来送上一吻让你受惊吓！
她满面春风，举着彩色托盘，
给我端来微温的火腿、黄油和面包片。

1 夏尔鲁瓦（Charleroi），比利时法语区的一座城市。

红白相间的火腿散发着大蒜的香味，
她又给我斟上啤酒，满满一大杯，
依依斜阳，在啤酒的泡沫上闪着金辉！

1870 年 10 月，傍晚五点

狡黠的女孩

棕色餐厅散发着清漆与水果
混合的香味，我美美地
坐在大椅子上，品尝着一盘
比利时人做的不知什么东西。

边吃边倾听着时钟嘀嗒，我暗自惊喜。
厨房里飘出阵阵香味，
这时，女招待走来，不知为何，
她的头发凌乱，头巾摇摇欲坠。

她用颤抖的小手指抚弄着脸颊，
然后噘起孩子似的嘴巴，
她的脸像一只红白的桃子。

收拾好杯盘，她来到我身边，为了让我舒适

又开心，当然得送上一吻，就这样——

她小声说："你的小脸冻了我一下……"

1870年10月，夏尔鲁瓦

萨尔布吕肯[1]的胜利庆典

再度欢呼皇帝万岁！

（比利时的彩色版画，在夏尔鲁瓦35生丁一张）

正中间，皇帝身披黄蓝绶带，骑着赤红的
高头大马，直挺挺走来，像宙斯一样威严，
踌躇满志，如父王般慈爱，——在他眼里，
一切都笼罩着玫瑰色的光环。

在他下方，驯良的士兵们正在打盹儿，
靠在金色战鼓与红色大炮两边，忽然间，
又毕恭毕敬地起立，皮图[2]重整军服，
转向长官，一连串大名如雷贯耳，令人晕眩！

右边，杜马奈[3]斜靠着步枪，
毛茸茸的脖子感觉到一阵震慑，

1　萨尔布吕肯，德国城市，拿破仑曾在此打过胜仗。
2　皮图（Pitou），皇帝的崇拜者。
3　杜马奈（Dumanet），士兵的名字，漫画式的人物。

"皇帝万岁！！"——旁边人瞠目结舌……

插着羽毛的圆筒帽，如黑太阳升起……
红蓝的波基翁[1]如此天真，挺着肚子[2]，
露出后背："说什么呢？……"[3]

1870 年 10 月

1 波基翁（Boquillon），士兵的名字，红蓝是指军服的颜色。
2 参见《铁匠》注释。
3 "说什么呢？"接前文"皇帝万岁！！"。

橱柜

这是一个雕花大橱，阴暗的橡木，
非常古老，一副老人家的慈祥面孔；
橱门打开，一股醉人的芳香，
如陈酒的波浪，扑打在阴影中。

橱柜里装满杂乱的古董，
幽香的黄手绢，女人和孩子的围兜，
枯萎的旧花边，祖母的头巾，印着珍禽异兽。

还有各式各样的徽章，
白色、栗色的发绺，干花和肖像，
芳香混合着果香。

——哦，古老的橱柜，你有太多故事，
当乌黑的大橱门吱吱打开，

你就将一段段往事，娓娓道来。

1870 年 10 月

流浪（幻想）

拳头插在破衣兜里，[1]我走了，
外套看起来相当帅气；在天空下旅行，
缪斯！我忠于你；哎呀呀，
我也曾梦想过光辉的爱情！

我唯一的短裤破了个大洞，——
有如梦中的小拇指[2]，我一路挥洒诗韵，
我的客栈是大熊星，星辰窸窸
窣窣，从天上传来回音。

坐在路旁，我凝神谛听，

---

1 魏尔伦画的兰波速写，正是这个形象。参见本书第156页图。

2 原文 Petit-Poucet，即法国民间传说中的小拇指，父母将他和他的兄弟们扔进森林，小拇指沿途扔下石子做标记，终于带领兄弟们回到家里。这个传说最早出现在法国诗人、童话家夏尔·佩罗（Charles Perrault，1628—1703）的童话集《鹅妈妈的故事》中。

九月的静夜，露珠
滴湿我的额头，浓如美酒。

在神奇的阴影中歌吟，
我拉紧破靴子上的皮筋，
像弹奏竖琴，一只脚贴近我的心！

第二辑

醉　舟

（1871）

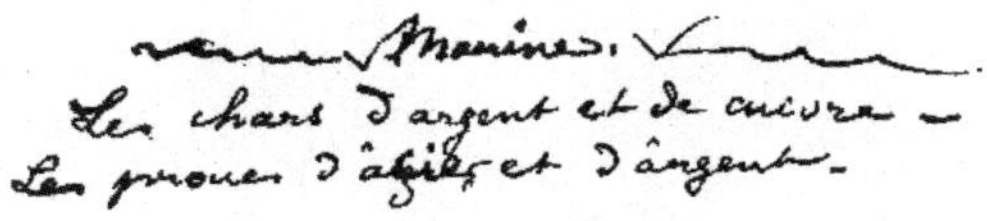

Marine.

Les chars d'argent et de cuivre —

Les proues d'acier et d'argent —

魏尔伦所画的兰波

牧神的头

在树荫金光闪烁的绿宝盒中，
在花影朦胧的树荫，那个吻，
睡在花间，蠢蠢欲动，
碰碎了花团锦簇，枝叶缤纷。

惊慌的牧神睁开双眼，
用洁白的牙齿咬着红花，晶莹唇齿间，
渗出陈酒一样的鲜血，
阵阵笑声，来自枝枝叶叶。

当它像只松鼠一样逃窜，笑声
还在每一片树叶上战栗、婆娑；
原来正在林间冥想的金色亲吻，
被一只灰雀吓得惊慌失措。

海关检查员[1]

比起那些用斧头在边境开疆拓土[2]的“契约兵”[3]，
这些口口声声“我的上帝”[4]，
“啥也没有”[5]的海员，帝国的
退役老兵，早已不值一提。

口含烟斗，手持利剑，他们深沉而并不愚蠢，
只要丛林黑影现出类似野牛的口鼻，

1 根据让-卢克·斯坦梅兹的研究，这首诗也是魏尔伦从兰波的练习簿中抄录的，诗歌灵感来自现实中一位名叫欧内斯·德拉哈耶（Ernest Delahaye）的人，他常去边境弄一些比利时烟草。

2 原文 l' azur frontière，直译为“边境蓝天”，让-卢克·斯坦梅兹认为，这么说，是因为从地图上看，边境是蓝色的。

3 这里的“契约兵”指根据契约保卫疆土的德国士兵。

4 原文为 Cré Nom，口头禅，表示惊叹。

5 原文为阿拉伯语词 macache。根据让-卢克·斯坦梅兹的研究，这是从 1830 年开始在非洲的法国军队中的黑话，是在发誓时说的，意思是“啥也没有”。

他们便牵着猎狗一路追击、狂奔，
在夜色中，尽情享受残忍的乐趣。

按照现代法律，他们告发“农牧女神”[1]，
捉拿“浮士德”“狄亚沃罗”[2]，
“别碰这个，老伙计，把包放下！”

当他们的公正无私[3]临到小青年，
海关人员便将他们掌控，
他们掌握着罪犯的生杀大权！

1 “农牧女神”，原文 les faunesses，黑话，这里指“轻佻、无耻的女人”。
2 “浮士德”“狄亚沃罗”，原文 les Fausts et les Diavolos，分别指传说中的魔法师和强盗头子。
3 公正无私，原文 sérénité，这里说的是反话，是一种讽刺。

晚 祷

我坐在这里，像一位天使落入理发师之手，
手握一只带凹槽的大啤酒杯[1]，
弯腰垂头，齿间叼着冈比埃烟斗，
微风轻拂，鼓起难以触及的征帆。

有如热腾腾的鸽粪落在旧鸽棚里，
乱纷纷的梦想将我轻微灼伤：
随后，我忧郁的心像一根树木的旁枝，
时而染上落花的阴影和青春的金黄。

随后，当我仔细吞噬着我的梦想，
一口气狂饮三四十杯，我又回过神来
静思默想，散尽心头尖刻的欲望：

1 原文 une chope a fortes cannelures，指带手柄的大啤酒杯，凹槽是指竖着的凹陷条纹。

有如造物主，主宰着大到雪松，小到海索草[1]，
我朝着棕色天空，温柔地撒尿，
又高又远，并得到大向日葵的一致赞同。

1 原文 du cèdre et des hysope，“雪松和海索草”，意思是从最大到最小。

巴黎战歌[1]

春天如此醒目，因为
梯也尔和庇卡尔[2]
从绿色官邸[3]中心，
窃取了[4]光辉荣誉！

1 这首诗为“现实诗篇”，和《我的小情人》《蹲着》一同附在1871年5月15日兰波写给他的老师保罗·德梅尼（Paul Demeny）的信中。其时，凡尔赛政府军正驻扎在兰波的故乡夏尔维勒小城，一周之后将进军巴黎，镇压巴黎公社起义。兰波在信中说：“也许一周之后，我会出现在巴黎。”但实际兰波并没有去，这首《巴黎战歌》只是凭想象完成。战歌以讽刺笔调，通过滑稽而独特的表现方式，展现了敌对双方，即“他们”——凡尔赛政府军，与“我们”——巴黎公社战士的正面交锋。

2 梯也尔（Thiers）和庇卡尔（Picard），均为镇压巴黎公社的刽子手。

3 绿色官邸（des Proprétés vertes），这里指凡尔赛宫绿地。

4 原文vol，阳性名词，这里指“盗窃”，也有“飞翔”的意思，或为双关语：指梯也尔和庇卡尔飞黄腾达，只因窃取了胜利果实。

哦，五月[1]！这些无套裤汉[2]多么狂热！
在塞弗尔、墨顿、巴尼厄、阿斯尼埃尔[3]，
听一听那些大受欢迎者[4]，
正在播种着春天的什么[5]！

他们只有圆筒帽、马刀和战鼓，
而没有陈旧的蜡烛盒[6]；
轻舟从不，从不航行[7]，
却划开血红的湖泊！

---

1 五月，指1871年5月，巴黎公社与政府军激战，遭到血腥镇压，其间5月21—28日，史称“五月流血周”。

2 无套裤汉（culs-nus），又译“无裤党人”，通常写作sans-culotte。这一称呼源于法国大革命初期，指那些衣衫褴褛、装备低劣的革命志愿军士兵，后来泛指大革命中的极端民主派，或出身贫苦的民众或平民领袖。

3 塞弗尔（Sèvres）、墨顿（Meudon）、巴尼厄（Bagneux）、阿斯尼埃尔（Asnisères），均为凡尔赛宫附近的地名，巴黎公社战士在途经这些地方时曾遭遇普鲁士军队的炮击。

4 这里指政府军请来镇压巴黎公社的普鲁士军队。

5 原文Semer les choses printanières，直译为“播种着春天的什么”，这里暗指炮弹。

6 讽刺这些普鲁士军队徒有其表，已无弹药，失去战斗力。

7 原文Et des yoles qui n' ont jam，jam…，诗句“串连”到法国家喻户晓的童谣：Il était un petit navire，/ Qui n' avait ja-ja-jamais navigué（“它曾是一首小船，/ 却从未出海航行”）。

我们不再花天酒地，
当特殊黎明，
抛光的黄宝石[1]
摧毁了我们的蚁穴。

梯也尔与庇卡尔都是诱骗
向日葵的厄罗斯[2]，
他们用火油绘出柯罗[3]的图画，
并大肆虐杀……

这几个老东西[4]都是一丘之貉！……

---

1 原文 les jaunes cabochons，亦暗指炮弹。

2 原文 des Eros，复数。这里或为文字游戏：Eros 发音如同 héros（英雄）；而作为复数，与前面的 s 连诵，则与 zéros（零）同音。潜台词或为：这些“英雄”，什么也不是。

3 柯罗（Jean Baptiste Camille Corot，1796—1875），法国画家，传承古典绘画，并蕴含印象派风格，其绘画宁静优美，大多描绘自然美景、神话传说。

4 指当时的“政治三巨头”：梯也尔、庇卡尔和法弗尔。

法弗尔[1]躺在菖兰花丛中，
鼻子里闻着胡椒粉，
挤出几滴鳄鱼眼泪！[2]

伟大的城市道路灼热，
尽管你们燃遍战火，
我们终将使你们发抖，
只要你们还扮演着当初的角色……

而“乡下人”[3]蹲在那里，
懒洋洋一动不动，
任凭新树枝咔咔折断，
在红色风暴中。

1　法弗尔（Favre），时任法国外交部长。1871 年 5 月 10 日，法弗尔代表法国，与德国首相俾斯麦在美茵河畔的法兰克福签订了投降条约，以法国战败，割地、赔款，结束了普法战争。由于条约苛刻，战败的法国与德国结怨，引起了法国的复仇主义，也成为日后爆发第一次世界大战的根本原因之一。

2　讽刺法弗尔假惺惺毫无诚意。

3　原文 les Ruraux，复数，这里指法国农民，其时他们只考虑自身利益，反对巴黎公社革命。

我的小情人[1]

泪水的试剂
洗净青天：
嫩树[2]垂涎，
你的雨鞋在树下

白如月牙，
“噼里啪啦”，
把护膝擦响，
我的丑姑娘！

我们在这个时代相爱，

1　皮埃尔·布鲁奈勒认为，此诗是兰波对法国诗人、喜剧作家格拉蒂涅（Albert Glatigne，1839—1873）的《金箭》一诗的滑稽模仿。

2　原文 tendronnier，指春天的嫩芽，皮埃尔·布鲁奈勒认为，这个词接近 tendron，后者指“嫩芽，少女”。此处或为双关语。

蓝发丑女！
人们吃着水煮溏心蛋，
还有海绿[1]！

一天晚上，你尊称我为诗人，
金发丑女：
往下，坐到我大腿上来，
我干死你；

你的发乳令人作呕，
黑发丑女：
你的额头尖尖，
斩断了我的曼陀林。

哎呀，我已倒了胃口，
红发丑女：
你的乳房圆溜溜，
乳沟散发着恶臭！

1　海绿（mouron），阳性名词，一种植物，又称琉璃繁缕，属报春花科，分布在温带和热带原野、湿地。这里泛指常用于喂养笼中鸟的细碎杂草。

哦，我的小情人，
我恨透了你们！
快将丑陋的乳房，
藏进破衣裳！

到我的感情世界
这片古老的土地肆意践踏；
——嗨呀，一时间，
你们都是舞蹈家！……

你们的肩胛脱臼，
哦，我的宝贝，
舞蹈明星，扭动腰肢，
快快旋转！

为了这些肩胛[1]，
我献上诗韵，
愿你们粉身碎骨，

1 “这些肩胛”（ces éclanches）是肉店用词，指羊肩胛。与前文“你们的肩胛”（vos omoplates）不同，omoplate 才是人的肩胛骨。这里再次突显了整首诗的风格：讽刺与幽默。

拥有爱情！

群星黯然失色，
充斥着每个角落！
备受无耻的关切，
你们将在上帝怀里爆裂！

在皎洁的月亮底下
“噼里啪啦”
把你的护膝碰响，
我的丑姑娘！

七岁诗人

致 P. 德梅尼先生

母亲合上作业本[1]，满意地走了，
很为儿子感到骄傲，却没看见她的孩子，
高额头[2]下，一双蓝眼睛里，
充满厌恶的灵魂。

整天为顺从捏着把汗；他很聪明，
可脸上黑色的抽搐和挖苦的神情，
似乎可以证明他身藏尖刻的虚伪。
穿过走廊上发霉的窗帘投下的阴影，
他吐吐舌头，双拳叉在腰间，

1 原文 le livre du devoir，指学生作业本或《圣经》，这里或为双关语：devoir 本义是“责任”“义务”，同时也是“作业”。在这首自画像式的诗歌中，诗人所要反抗的，正是以种种名义强加于少年头上的“作业”与“义务”。

2 原文 le front plein d' éminences，字面意思为“布满山丘的额头”，或包含两重含义：一是指隆起、凸出的额头，即高额头；另一层意思是“高贵的额头”——阴性名词 éminence，也包含“高贵、杰出”的意思。

闭上眼睛，看见密布的斑点。
一扇门从薄暮中打开：灯光下，
人们看见他正站在高处，斜倚栏杆，
长吁短叹，夕阳从屋顶映照着海湾。
盛夏，当炎热令人沮丧、木讷，
他顽固地将自己关进茅厕，享受清凉：
张开鼻翼，在那里沉思默想。
冬天，当白日的气息轻轻扫过，
昏黄月色，照进斜横在屋后墙角
被埋进沙土的小花园，
只因幻象压得他头晕目眩，
他听见斑驳的树篱沙沙乱颤。
可怜！唯有这些孩子是他的亲人：
他们光着脑袋，身体孱弱，目光黯淡，
用枯瘦的小黑手捂住眼睛，
在集市上身着气味难闻的老旧衣衫，
谈话中带着痴痴的温柔！
如果偶尔发现这种不洁的怜悯，
母亲便心生恐惧，为这孩子
深深的柔情而震惊不已。
这很好。她有一双会撒谎的蓝眼睛！

七岁，他开始写小说，
写大漠自由放浪的生活，
森林、太阳、河岸、草原！
——他开始翻阅带插图的小报，红着脸
看那些嬉笑的西班牙女郎和意大利姑娘。
当邻居工人的女儿走过来，她八岁，
疯狂，栗色眼睛，身穿印第安布裙，
这个野姑娘从一个角落，
一下跳骑到他的背上，甩着小辫子，
他在她下面，猛咬一口她的屁股，
是的，那个女孩从来不穿长裤；
被她一顿拳打脚踢，之后
带着她皮肉的滋味回到小屋。

害怕十二月里阴暗的星期天，
他梳妆整齐，坐在桃木小圆桌前，
阅读菜色封面的《圣经》；
每天夜里，梦想都在斗室压迫他。
他不爱上帝，却在昏黄的傍晚，
凝视着那些身穿黑色工装的人群返回小镇，

听差役敲着三通鼓，大声宣读公告，
人群抱怨着，发出阵阵哄笑。
——他梦想着爱情牧场，那光辉的
涌浪，圣洁的芳香，金色青春
连绵起伏，澎湃飞扬！

多么喜欢体味幽深的事物，
他躲进蓝色小阁楼，关上百叶窗，
呼吸着屋内潮湿的空气，阅读
自己苦思冥想的小说，字里行间
布满沉重的红云，水淹的森林，
霜花开满繁星点缀的散乱树枝，
悲悯、晕眩、崩塌、溃散！
——这时，楼下的街区传来喧闹之声，
——独自一人枕着原色粗布，
强烈预感到海船那激荡的征帆！

1871年5月26日

巴黎狂欢节或人口剧增[1]

哦，到站了！快冲进站[2]，胆小鬼！
太阳用它火光闪闪的肺，扫清了
夜晚的街道，街上充斥着野蛮人。
这就是坐落在西方的美丽城市！

前进，别让火势消退[3]，向前猛冲，

---

1 读这首诗，须大致了解其历史背景，否则难以理解。普法战争中，法国战败，于1871年1月28日签署停战协定。同年3月1日，德国军队开进香榭丽舍大街。3月18日，巴黎公社成立。4月7日，藏身凡尔赛宫的阿道夫·梯也尔政府军轰炸了讷伊（Neuilly），开始收复巴黎。5月21日，凡尔赛政府军进入巴黎。5月21日至28日，史称“五月流血周”，巴黎公社失败。魏尔伦曾在《被诅咒的诗人们》中说，这首诗歌创作于1871年“五月流血周”之后的第二天。

2 原文 dégorgez dans les gares，其中动词（原形）dégorger 本意为“吐出”“流出”“疏通”“排出”。这里指一群“野蛮人”如“呕吐”一般下车，冲进站台。与下文相吻合。

3 原文 On préviendra les reflux d' incendie，这里“火势”或指“五月流血周”期间的轰炸和各种暴力冲突，尤其是烧毁王权的革命烈火——由此“夺回劳动果实”。

这里是站台，那儿是大道，那些房屋
悬于火光映照的缥缈天空，
这天傍晚，炸弹的火光星罗棋布！

将死亡的宫殿[1]装进木制灵柩[2]！
古老的恐怖之日让你们耳目一新。
这里是一群扭动腰肢的赤色野兽：
发疯吧，倘若害怕，即刻沦为笑柄。

一群发情的母狗舔舐着黏稠的食物，
金屋[3]中有人向你们惊呼：
猛抢！狂吃！这狂欢之夜正深深
抽搐，并闯入大街，哦，悲伤的酒徒，

喝吧！当疯狂烈焰在身边
掘出滚滚财富，你们竟毫不眼馋，

1 指巴黎旧王宫杜伊勒利宫。1871年5月23—24日王宫曾发生火灾，之后加盖木板以掩盖废墟。

2 原文 des niches de planches，本意为“木制壁龛”“（猫、狗）窝”，这里或指棺木、灵柩。

3 根据让-卢克·斯坦梅兹注释，这里指位于拉菲特（Laffitte）街角，建于第二帝国时期的华丽房屋。

一言不发，呆若木鸡，
两眼望穿杯底，白茫茫一片深渊。

吃呀，为了女王干杯！看她的屁股稀里哗啦[1]！
听那些蠢货打嗝，是怎样的撕心裂肺！
还有那火光之夜上蹿下跳的傻瓜、
鬼哭狼嚎的奴才、老朽、傀儡！

哦，肮脏的心，嚅动的口，
再加把劲儿啊，臭嘴巴！
餐桌已为麻木不仁备下浊酒……
哦，胜利者！让耻辱在你们肚子里消化！

张开你们的鼻翼呼吸这绝妙的恶心！
用剧毒的呕吐[2]浸润你们的声带、喉咙！
在你们孩童般的后颈，诗人垂落他交叉的
双手，对你们说："胆小鬼，快发疯！

1　原文 Avalez, pour la Reine aux fesses cascadantes，其中 avaler 的本意为"吞噬"，此句或可理解为：狂吃猛喝，为"屁股稀里哗啦的女王"干杯。暗示巴黎这位"女王"已沦为妓女。

2　原文 de poisons forts，字面意思是"剧烈的毒药"，这里应指饮酒过量导致的呕吐（物）。

“因为你们在那‘女人’[1]的肚子里
搜寻，怕她再次抽风，大声叫喊，
将你们一窝幼崽，重重压在
她胸前，让他们窒息。

“梅毒病人、蠢货、国王、小丑、傀儡，
巴黎这个妓女在乎你们什么，你们的身体，
你们的灵魂，你们的毒药，你们的破衣？
她将甩掉你们，这群凶恶、腐朽的败类！[2]

“当你们扑倒，内心翻江倒海，
身体动弹不得，还在疯狂索要你们的钱财，
这赤色美人丰满的乳房充满了战斗气息，
她将紧握铁拳，哪管你们的恐惧！

“当你的脚尖在怒火中狂舞，

---

1 原文 la Femme，这个大写的“女人”或指巴黎。而“你们”是指狂欢的革命者，“悲伤的酒徒”。

2 原文 Elle se secouera de vous, hargneux pourris，其中 Elle（“她”）同样指“巴黎，这个妓女”。

巴黎！当你满身刀伤，
当你倒下，明亮的眼眸
仍含着一丝猛兽重生之善良。

“哦，痛苦的城市，哦，奄奄一息的城市，
头颅与双乳尽都抛向‘将来’[1]；
将来的城，或受到阴暗‘过去’的祝福[2]，
将十亿扇门在你的苍白之中打开：

“身体因巨大的阵痛而重现魅力[3]，
你再度渴饮可怕的生命！感到苍白的小虫
在静脉之中汩汩涌流[4]，冰凉的手指，
在你闪亮的爱情之上游动！

“这并不太坏，小虫，苍白的蛆虫，

1　或可参见德拉克洛瓦的名画《自由引导人民》。

2　原文 Cité que le Passé sombre pour rait bénir…，直译为“阴暗的过去或可祝福的城市”，这里指巴黎，将来的城，重建她，须要阴暗“过去”的祝福。

3　原文为形容词 Corps remagnétisé，再现磁力，或再度迷人的身体。

4　这里“你”指巴黎，人格化为女性，这座“濒死的，奄奄一息的城市”重现活力（魅力、磁力），只因人群涌上大街，一如小虫在静脉中汩汩而流。

并不比斯提志[1]扑灭女神的目光[2]
更阻碍‘进步’的气息——
那时的碧空，曾落下金星泪雨。”

尽管你满目疮痍，令人恐惧；
尽管人们从未在绿色“大自然”
创造过如此腐臭的城市，
但诗人告诉你：“你的美光辉灿烂！”

风暴献给你最后的诗意，
巨大的震撼给你支撑；你的使命坚定，
死亡沉吟，被拣选的城市！
用沉重的号角聚集心中凄厉的哀鸣。

诗人将发出卑贱者的啜泣，
魔鬼的心声，苦役犯的仇恨；
他的爱情之光将鞭笞女人。他的诗

1 斯提志（Stryx，也写作 Stryge），源自希腊语，是希腊神话中半人半鸟的鸱鸮猛禽，吸小孩的血，因此也指吸血鬼。

2 女像柱（Cariatides，Cariatide 的复数，也写作 Cariatyde），源自希腊语，指古希腊建筑中代替石柱的女神雕像。

欢蹦乱跳：给你！给你！你这恶棍！

——社会，一切重建：——风暴
向着古老的妓院发出古老的哭号：
疯狂的瓦斯越过红墙，
向着灰白的苍天熊熊燃烧！

让娜–玛利之手[1]

让娜–玛利有双强壮的手，
夏日熏染的阴暗的手；
像死者一样苍白，
——那是女唐璜[2]之手？

它曾在快乐河上，
摄取棕色凝脂？
也曾浸入宁静池塘
皎皎月色？

1　这是对巴黎公社女性的赞美。在兰波眼里，这位让娜–玛利是一位勇敢无畏的革命女性，是中世纪女巫的现代转世，她的双手神秘而有力量，它们挣脱了奴役的枷锁，拿起武器，为争取自由而战并创造奇迹。

2　原文 Juana，女唐璜，西班牙语姓名。Don Juan 为唐璜，西班牙传说中的风流浪子，文学作品中的情圣，参见拜伦的长诗《唐璜》。这首诗成功塑造了一位女性唐璜神秘而光辉的形象。

它曾于美丽双膝上
啜饮野天?
也曾卷过雪茄,
卖过钻石?

它曾使金色花朵在圣母马利亚
燃烧的脚上凋零?
那是颠茄[1]的黑血,
闪烁并安睡在它的掌心?

那是在黎明的蓝光里捕捉
嗡嗡作响并飞向
花蜜腺的昆虫的手?
是过滤毒液的手?

哦! 那是怎样的幻梦,
伸着懒腰, 将它紧紧握住?
是亚洲奇异的梦幻,

---

1 颠茄(belladone),一种茄科草本植物,含剧毒。学名 belladonna 源于意大利语的 bella donna,意为"漂亮女人"。因古人曾提取其果实成分制作女性散瞳眼药水。兰波在此或用作双关语。

可汗卡瓦[1]或锡安[2]之梦？

——这双手不是卖橘子的手，
不在上帝的脚上镀金，
这双手也不洗那盲童
沉重的襁褓。

这不是表妹[3]的手，
也不是宽额头的女工的手——
在散发着木料气息的工厂，
被醉于沥青中的太阳灼烧。

这指骨弯曲的手
从不作恶，
比机器更果断，
比骏马更强劲！

---

1 可汗卡瓦（Khenghavars），古波斯城市。

2 锡安（Sion），耶路撒冷的一片丘陵，常被作为耶路撒冷的代名词。这里为复数 Sions。参见《诗篇》：“愿耶和华从锡安赐福给你；愿你一生一世看见耶路撒冷的好处。”（128:5）“因为耶和华拣选了锡安，愿意当作自己的居所。”（132:13）

3 表妹（cousine），俗语，指妓女。

像火炉一样闪耀，

摇荡着所有战栗，

肌肤唱着《马赛曲》，

从不唱《我主恩慈》[1]！

它会掐住你的脖子，

哦，坏女人，它会捏碎你们的手，

贵妇人，捏碎你们

那白里透红的卑鄙的手！

这双充满爱的闪亮的手，

转动羔羊的头[2]！

骄阳在它充满情趣的指骨间，

放置了一枚红宝石！

---

1 《我主恩慈》（*Les Eleisons*），原本为希腊语圣歌，本义为“我主恩慈”，与充满血与火的战歌《马赛曲》相反，是颂扬爱与怜悯的宗教歌曲。

2 羔羊的头（le crane des brebis），这里的 brebis，或为双关语：字面意义是“母羊”“雌羊”，转义为“信徒”“羔羊”。如 les brebis de Dieu，意为上帝的羔羊、（天主）虔诚的信徒；la brebis de égarée，意为迷途的羔羊。

贱民的污点将它染成棕色，
好像昨日的胸膛；
手背是所有自豪的暴动者
热烈亲吻的地方！

它已变得苍白、美好，
沐浴着爱的灿烂阳光，
端着青铜机关枪，
穿越起义的巴黎！

啊！有时候，哦，神圣的手，
在你紧握的拳头上，我们沉醉的双唇
不住地颤抖，闪光的镣铐叮当作响！

有时，在我们生命里，
会产生神奇的战栗，
想换掉你天使之手的肤色，
就让你的手指鲜血淋漓！

仁慈的姐妹

那个青年皮肤棕红、目光炯炯，
二十岁的美好身躯自然赤裸，
头戴铜环，沐浴月色，他或曾被
波斯某个未知精灵崇拜过。

激情中隐含童贞的黑色柔美，
为初次的沉醉而自豪，
有如年轻的海浪，夏夜清泪，
向着那钻石温床翻腾、倾倒；

那个青年，面对这世界的丑陋，
愤怒的心，剧烈颤抖，
心怀永久而深刻的创痛，
于是他开始渴慕仁慈的姐妹。

而女人啊，尽管你满心温柔怜悯，

但你不是仁慈的姐妹，即便拥有黑色明眸，
躺在棕红色阴影里的美腹，或轻巧的手指，
美妙绝伦的双乳，你从来不是。

盲女睁大了眼睛沉睡，我们
全部的拥抱都在于一个悖论：
你用自身的双乳将我们哺育；
我们轻摇着你美好而庄严的“热情”[1]。

你将仇恨、麻木、衰弱和你往昔
遭受的粗暴蹂躏，一并
偿还我们，哦，有如无辜的夜里，
每月一次涌流的月经[2]。

——当女性偶尔带来惊恐，
爱情，生命的召唤与行动的颂歌，
绿色“缪斯”与红色“正义”[3]

1　皮埃尔·布鲁奈勒认为，这里存在双重悖论：提供乳汁的，正是被哺育者；摇着摇篮的圣母马利亚，本身也被人类轻轻摇曳，成了“热情”。

2　参见《太阳与肉身》第4行。

3　绿色“缪斯”与红色“正义”，原文 la Muse verte et la Justice ardente。或许她们便是“仁慈的姐妹”——“撕碎”了“那个青年”的“爱情”。其中形容词 ardent（e），本意为“燃烧的”“热情的”。

便以庄严的权威，来将它[1]撕碎。

啊！他[2]无休止地渴望着辉煌与宁静，
却被两位无情的姐妹所抛弃，放下科学，
伏在滋润的手臂里呻吟哭泣，
将流血的额头，埋进开花的自然世界。

而黑色炼金术与神圣研究使这受伤的人，
骄傲而阴郁的智者深感疲惫，
他感到残忍的孤独向他袭来，
可他依然优美，厌恶棺材的气息。

但愿他相信“梦想”，相信穿越
“真理”之夜的宏大“旅行”，
并以他的灵魂和病弱的四肢向你呼唤：
哦，神秘的死亡，哦，仁慈的姐妹！

1871年6月

1 指爱情。

2 前文“那个青年”。

初领圣体[1]

I

这些乡村教堂实在迂腐，
十五个坏小子把廊柱涂满油污，
他们竖着耳朵，听滑稽的黑衣人[2]
神神道道，他的鞋子已开始发酵：
然而太阳正透过缤纷的枝叶，
在凌乱的彩窗上唤醒古老的色调。

---

1 初领圣体，原文为"Les Première Communions"，是基督教的一种仪式，基督徒称为领圣餐。这首诗创作于 1871 年 7 月，在"五月流血周"之后。这种对保守秩序的残酷回归，激起了兰波的愤怒与厌恶。其间诗人还创作了《与诗人谈花》和《正义者》，两首诗分别表达了对泰奥多尔·德·邦维勒和维克多·雨果的强烈质疑。兰波非常敬佩这两位诗人，但他们在政治上的妥协——放弃任何政治参与（邦维勒）或提出不切实际的折中方案（雨果），都是兰波所无法接受且不能容忍的。这首《初领圣体》中反基督教的情绪与诗人热切支持巴黎公社的思想密不可分。

2 黑衣人（habit noir），这里指本堂神父。

石头总发出故乡泥土的味道，
你看那一堆堆沾满沙土的砾石
散落田野，而正在发情期[1]的庄严的田野
战栗不已；看那沉甸甸的麦田旁，土黄色的
路边，烧焦的灌木丛中，蓝莹莹的刺李，
黑桑林的树结，还有沾着牛粪的玫瑰。

每个世纪人们都要用蓝石灰和乳浆，
粉刷这些谷仓——为了让人敬仰：
如果还有什么可笑的神秘令人瞩目，
那就是圣母或耶稣圣像旁的苍蝇
在牛棚、马厩金灿灿的
木板上嚼蜡，气味十足。

孩子们尤其亏欠家庭，单纯的家庭琐事，
让人变愚蠢的繁重工作；可一出门，
就将基督的牧师强有力的手指按在
肌肤上的麻木彻底抛开——

1 原文 en rut，通常指雄性哺乳动物的“发情期”。参见《太阳与肉身》开篇。

人们为牧师提供了一间阴凉的小屋，
好让孩子们都去阳光里把额头晒晒。

第一次身着黑衣[1]是在分享馅饼的最美的一天[2]，
在“拿破仑”或“小鼓手”的画片下面[3]，
“约瑟”[4]和“马利亚”伸出舌头，彰显过分的爱；
科学日[5]，这两幅画合并，伟大的一天，
只有这两份甜蜜回忆，印入她的脑海。

姑娘们总去教堂，喜欢听男孩叫她们婊子，
这些男孩在做完弥撒，唱诵晚祷
之后，显出一副高贵的神气，
随即去军营光荣报名参军，
他们又在咖啡馆嘲弄那些显赫的房子，
身着新衣，高唱狂野的歌曲。

---

1 指当地人在初领圣体时身着黑衣。

2 指初领圣体后，人们在庆祝之时分享馅饼。

3 在初领圣体（圣餐）的仪式上，除了分饼，牧师还会分发一些小幅宗教画片。

4 《马太福音》(1:18)：“耶稣基督降生的事记在下面：他母亲马利亚已经许配了约瑟，还没有迎娶，马利亚就从圣灵怀了孕。”

5 科学日（au jour de science），或指学科学之日。

这时，本堂神父正为孩子们精选图片；
晚祷之后，在他的葡萄园里，
当空气中远远飘来混沌的舞曲，
尽管有苍天看护，可他依然
脚趾发狂，腿肚颤动；
——夜幕降临，黑色海盗潜入金色天空。

II

在众多来自郊区或“富人区”的布道者中，
那位牧师选中了这位不知名的小姑娘，
她神情忧郁，额头蜡黄。
她的父母像是温柔的看门人。“伟大的时日，
上帝从一群布道者中发现了她，
将在这额上降下圣水如雪，为她施洗。”

III

伟大时日的前夜，孩子病了。先是一阵
寒战——相对于恐怖喧嚣的大教堂，

一张小床一点儿也不逊色——而随后，
一阵超常的战栗再度袭来："我要死了……"

愚蠢的姐妹把她当成了爱的窃贼[1]，
她虚弱、消沉，双手紧贴胸前，细数
天使、耶稣和那些闪闪发光的圣母，
灵魂因啜饮胜利[2]而得安慰。

Adonaï[3]！……——在拉丁文结尾，
红莹莹的"额头"[4]在青天沐浴，
雪白宽大的衣衫从阳光里飘坠，
沾着碧空的胸膛上纯净的血迹！

——为了她们现在与未来的童贞，
她紧咬着你"赦免"之清纯，

1 这孩子被牧师选中，或引起姐妹们的嫉妒。

2 胜利者（vainqueur），阳性名词。此处或为文字游戏：vainqueur 发音与 vin cœur（"酒心"或"心酒"）相同。因而这一句的发音听起来等同于"她的灵魂因啜饮心酒而得安慰"。

3 Adonaï，拉丁文，《旧约》中对上帝的称呼。

4 原文 les Fronts，是复数形式，大写的"额头"，这里指前面"细数"的耶稣和圣母马利亚的额头。

哦，锡安[1]女王，你的宽恕冰凉，
胜于水中百合与果酱。

Ⅳ

那童女转眼间已成书中圣母。
神秘的冲动有时会崩溃，随之而来的
是圣像枯萎，忧郁变为青铜色，
连同残忍的彩图和古老的朽木；

迷乱而羞耻的好奇心使她贞洁的
蓝色清梦变得令人恐惧，
她惊讶于耶稣身上的衣衫，
在茫茫苍天四周，掩盖着他的赤体。

她多想，多想延续这神圣温柔的光辉，
却把额头埋进枕头哭泣、垂涎，
她的灵魂陷入深深的伤悲，
——阴影充斥着屋宇和庭院。

1　参见《让娜–玛利之手》注释。

女孩已不堪忍受。她骚动不安，
挺直了腰身，拉开蓝色布帘，
让缕缕清风吹进房间，吹入
床单下，她火烧火燎的前胸与腹部……

V

醒来——正是半夜，睡眠幽蓝，
挂着月色窗帘，窗前月光皎洁。
满心纯真的幻觉，来自星期天[1]；
梦幻鲜红，她流着鼻血。

深深感受到自身的纯洁与软弱，
她渴望并想象着如此良夜，心潮起伏，
在温柔目光的注视下，细细体会
上帝重临的爱与眷顾。

夜里，可望而不可即的圣母用她灰白的寂静，

1 即初领圣体的日子。

洗去所有青春的冲动，
她渴望着强大之夜，心血涌流，
她的抗争默无声息，无人见证。

而见她成了受害者或小新娘[1]，
她的星辰秉烛，从天而降，
落入庭院，院子里晾着女式衬衣，
这白色幽灵，将屋顶的黑色幽灵高高托起。

VI

她在茅厕中度过圣洁的夜晚。面向烛光，
白色的气息从房顶的洞口倾泻而下，
一株疯狂的紫葡萄树，
在邻家的院子里倒塌。

天窗跳动着活生生、闪亮的心灵，
院内低垂的天空在玻璃上贴满金红。
路面散发着洗衣液的气息，

1 指上帝的“小新娘”。

黑色睡眠在墙上投下阴影重重……

…………

VII

谁会说出这番话，道出这不洁的怜悯[1]，
连同注入她心中的仇恨，哦，肮脏的疯子，
他神圣的工作仍在使世界扭曲变形，
直到麻风病最终吞噬这温柔的身体？

…………

1 参见《七岁诗人》第27行des pitiés immondes，“不洁的怜悯”。其中形容词immonde，指宗教意义上“不洁的”“邪恶的”，世俗中“卑鄙的”“肮脏的”。而这正是兰波心中真正的怜悯。兰波之所以常用“反语”，只因在他看来，这世界充满了伪善，真正值得同情的人是《七岁诗人》中那些“用枯瘦的小黑手捂住眼睛，/在集市上身着气味难闻的老旧衣衫，/谈话带着痴痴的温柔”的孩子；《惊呆的孩子》中的那“几个黑影”；这首《初领圣体》中被牧师选中的“不知名的小女孩”……他们被世界鄙视，却是兰波“唯一的亲人”。在世俗眼里，对于他们的同情是“不洁的”（immonde），甚至是“卑鄙、邪恶的”，但这并不妨碍，反而加深了兰波心中对他们的挚爱与怜悯。但也正因为如此，兰波甘愿将这个词用在自己和真正的亲人身上，以决绝地“拿起武器，反抗正义”（《地狱一季》）。

VIII

当平息了所有歇斯底里的情绪，
她将于爱情之夜的黎明，
在幸福的忧郁中，痛苦地凝视
情人梦中，无数马利亚洁白的身影。

“你可知是我害死了你？我占据了你的口，
你的心，连同人们的一切和你们的所有；
而我，我是个病人：哦！我情愿
躺在一堆啜饮夜雨的死者中间！

“而那时我太年轻，基督玷污了我的气息，
将厌恶之情充斥着我，直到漫过喉咙！
来亲吻我这羊毛般的密发吧，我允许你……
啊！来吧，你们会很享受。

“男人！你们不曾留意
最多情的女子，最淫荡、最痛苦，
在她意识深处，充满愚昧的恐惧，
而我们对‘你们’全部的冲动都是错误！

“因为我已初领圣体，你的亲吻，
我已无从体会：你的肉身
拥抱亲吻的我的心灵、我的身体，
都曾遭受过耶稣的不洁之吻！”

IX

腐烂的灵魂与痛楚的灵魂
都将感受到你的诅咒遍地流淌。
——它们将沉入你不可侵犯的“仇恨”，
为逃避正义的热情而走向死亡。

基督啊基督，活力的永恒窃贼，
两千年来，上帝默许你的苍白，
将忍受耻辱与头脑痛苦的不幸的女人
额头钉在地上，或转向天神。

1871 年 7 月

与诗人谈花[1]

致泰奥多尔·德·邦维勒先生

I

就这样，总是朝向阴暗天际[2]，

1 这首诗附在1871年8月15日兰波写给他的老师泰奥多尔·德·邦维勒先生的信中。1925年初次发表在《魏尔伦与兰波之心》这本书中。这是一首讽刺诗，开篇即滑稽模仿拉马丁的名篇《湖》(*le Lac*)，整首诗句句有的放矢，无情嘲讽了浪漫主义，连同帕尔纳斯派及整个诗坛的矫揉造作，并隐含巴黎公社的革命精神——对象征皇权及保皇党的“百合花”发起猛烈攻击。

2 法国浪漫派诗人拉马丁（Alphonse Marie Louis de Lamartine，1790—1869）的《湖》开篇诗云：“就这样，总是被推向新的海岸 / 在无尽黑夜中一去不复返，/ 我们岂能在永恒岁月的海洋上，/ 哪怕仅仅抛锚一天？”(Ainsi, toujours poussésvers de nouveaux rivages, / Dans la nuit éternelle emportés sans retour, / Ne pourrons-nous jamais sur l' océan des âges, / Jeter l' ancre un seul jour ?)——兰波在此戏谑模仿：“就这样，总是朝向阴暗天际……(Ainsi, toujours, vers l' azur noir...)”并将矛头直指拉马丁、雨果，连他的导师邦维勒也未能幸免：在兰波眼里，他们总是朝向阴空、暗夜，以逃避革命风暴。

玉色沧海[1]在天空激荡，
百合花将在你的良夜，
用狂喜给你灌肠[2]！

在我们这个西米时代[3]，
当植物都成了劳动者，
百合花将从你的宗教诗文[4]中
啜饮蓝色的厌恶！

——凯尔德莱勒先生[5]的百合花，

1　原文 la mer des topazes，其中 topaze 为阴性名词，指黄玉、黄晶，这里“玉色沧海”亦指“闪闪发光的大海”。此句或讽刺以邦维勒为代表的浪漫主义及帕尔纳斯派的东方情结——他们对东方珍奇异常向往、迷恋。

2　原文 ces lystères 一词，意思是“灌肠”“灌肠剂”。兰波将百合花令人心醉与“灌肠”相提并论，充满讽刺与黑色幽默。整首诗的风格也是如此。但研究者进一步发现，“与诗人谈花”，并不妨碍兰波自身赏花（参见《山谷睡人》），甚至吟诵百合（参见《奥菲利娅》）。

3　这里是一个文字游戏：sagou，阳性名词，西米，指棕榈树产生的一种淀粉状的物质；近似词 sagouin，阳性名词，狨猴，引申为“肮脏、粗鲁的人”。或暗讽这个低俗的时代，人们像猴子一样，只关心食物。

4　原文 tes Prose religieuses，当时许多浪漫主义诗文带有浓重的宗教色彩。

5　凯尔德莱勒先生（monsieur de Kerdrel），保皇派诗人。从 13 世纪开始，百合花（lys）即用作王权的象征，百合花徽章逐渐成为法国王室的标志。

1830年的十四行诗；
与石竹与鸡冠花
一同赠予“游吟诗人”[1]！

百合！百合！谁没见过！
在你的诗中，这些白色花瓣，
有如步履轻盈的罪恶女人的
衣袖，花枝乱颤！

亲爱的，在你沐浴时，
你那注满金光的浴衣，
总被晨风鼓起，
在不洁的勿忘我上！

爱情只授予遍地丁香，
——哦，摇荡的秋千！
而那林间的蝴蝶花，
如黑仙女甜美的垂涎！……

1　暗指凯尔德莱勒先生1830年的诗作《图卢兹的花卉游戏》（*Jeux Floraux de Toulouse*），诗中将最高奖赏授予百合花。

II

哦，诗人，当你拥有玫瑰，
风中玫瑰，在月桂枝头，
与缤纷的诗韵
一样鲜红！

当邦维勒先生将它们化成飞雪，
血红的雪花[1]纷纷扬扬，
将陌生读者打成个乌眼青，
叫他们在阅读中居心不良！

你的森林，你的草原，
哦，如此宁静的画面！
花神千姿百态，
如长颈瓶的瓶塞！

法兰西的植物，
愤怒、可笑，得了肺病，

1　暗指邦维勒的诗歌《雪的交响》，其中将雪比作白玫瑰。

哈巴狗的肚皮贴着它们，
在黄昏中默默航行；

总是在令人恐惧的
蓝色睡莲[1]或向日葵之后，
出现玫瑰的版画，对于初领圣体的
少女，这可是神圣的主题！

歌颂阿育王[2]的画框，
配上少妇倚窗的诗行；
闪烁的大蝴蝶，
在雏菊上排泄。

陈旧的碧绿，老式的饰带！
哦，植物的小点心！
老式沙龙里的奇花异草！
——适合金龟子，不适合响尾蛇，

1　或暗指法国诗人卡杜勒·芒代（Catulle Mendès，1841—1909）的诗歌《莲花之苦难》。

2　阿育王（约公元前304年—前232年），印度孔雀王朝的第三代君主，印度最伟大的国王之一，也是一名佛教徒，为佛教护法，给佛教带来繁荣。

这些植物玩具娃娃泪水涟涟，
格朗维尔[1]给它们镶上花边，
又在帽檐下，用邪恶的彩色星光，
将它们悉心喂养！

是的，你们信手涂鸦，
画出精美的葡萄糖！
——百合、菩提、丁香与玫瑰！……
旧帽子里的一堆煎蛋！

III

哦，白色猎手，马不停蹄地奔波，
穿越惊慌的草原[2]，
你难道不能、
不该学一点植物学？

1　格朗维尔（Jean-Jacques Grandville，1803—1847），法国漫画家，给植物赋予了表情、品格与热情。

2　这里或指牧神潘，参见前文《牧神的头》："惊慌的牧神睁开眼睛，用洁白的牙齿咬着红花……"

我担心你用斑蝥[1]

代替棕红的蟋蟀，用里约热内卢的

金黄取代莱茵河的碧蓝，

总之，以佛罗里达海峡代替挪威。

可是亲爱的，如今，

——这是真谛——艺术已不允许

以六音步的蟒蛇[2]，

来描述惊人的桉树；

正如在我们的圭亚那，

桃花心木只荡漾于

卷尾猴的瀑布，

藤蔓缠绕的妄想[3]！

---

1 斑蝥，一种热带昆虫，原文为大写的 Cantharide，这里暗指法国诗人勒贡特·德·列尔（Leconte de Lisle，1818—1894）的诗歌《热带丛林》。

2 原文 Des constrictors d' un hexamètre，其中阳性名词 constrictor，专指将猎物缠绕并绞死的蟒蛇。这里指传统的亚历山大诗体已不再适合表现新奇的事物：它或将像蟒蛇一样，将诗歌缠绕并勒死。

3 暗讽一些传统诗歌如猴子表演杂技。

总之，一朵花，无论死活，
是迷迭香或野百合，
她怎比得上一粒鸟粪，
或一滴烛泪?

——我信口开河！
而你，还静坐竹庐，
——拉上百叶窗
和印花窗帘，——

你掠过花季，
如瓦兹河一般扭曲！……
——诗人！这番道理
比自大狂更可笑！……

IV

别提那春天的潘帕斯草原，
恐怖暴动燃起的狼烟，
说说那烟草与棉田！
还有那异域的丰收！

说说那被菲比斯[1]晒黑的白额头，
需要付多少美元才能租下
哈瓦那的佩德罗·维拉斯基[2]；
让索朗特海[3]见鬼去吧！

数千只天鹅从那海上游来；
你的诗将化为声声召唤，
只为红树的海滩，
充满七头蛇[4]与刀剑！

你的诗浸没在流血的丛林，
却转而向人类谈论
白糖、咳嗽糖浆
和橡皮！

---

1 菲比斯（Phébus），太阳神阿波罗的别称。

2 佩德罗·维拉斯基（Pedro Velasguez），地名，位于哈瓦那。

3 索朗特海（la mer de Sorrente），拉马丁、邦维勒都曾在诗中吟咏这片海。参见邦维勒《奇绝的颂歌》（*Odes funambulesques*）。

4 原文 hydres，希腊神话中的七头蛇——生有七头，斩去之后仍会再生，为赫拉克勒斯所杀。

让我们通过你去认知
那飞往热带的雪鸟[1]闪烁的金光，
是产卵的昆虫，
或是无数细密的苍苔！

去发现，好猎手，我们情愿
让大自然用芳香的茜草，
在长裤里孵卵，
——为了我们的大军[2]！

去发现，在睡林边缘[3]，
寻找面孔似的鲜花，
她们脸上的金色香脂，
在水牛阴暗的毛发间融化！

去发现，在疯狂的牧场，

1 雪鸟（Des Pics neigeux），“雪啄木鸟”或“雪山”。其中大写的 Pic 为阳性名词，一词多义：“啄木鸟”“山峰”“尖顶”。这里无从取舍，包含所有词义。参见《元音》：E…lances des glaciers fiers…，巍峨冰山的尖峰。

2 茜草（garances），阴性名词，复数，一种可用作染料的红色草，当时法国军队穿着的军裤，就是用这种茜草染成。参见《罪恶》。

3 参见《牧神的头》，及马拉美《牧神的午后》。

蓝草闪烁着青春的银光，
花萼盛满火卵，
在液汁中沸腾！

去发现毛茸茸的蓟草，
十头火眼金睛的野驴，
正在草丛中结绳纺线！
去发现那鲜花的座椅！

是的，去发现黑色矿脉之心，
近似石头的花朵，卓越的鲜花！
她们坚硬的金色卵巢里，
蕴藏着扁桃体的萌芽！

为我们表演吧，滑稽演员，你能做到，
在金光灿烂的红盘子里，
熬出百合花糖浆，
腐蚀我们的银勺！

V

有人会说起伟大的爱情，
这阴暗的宽恕有如窃贼，
可无论勒南[1]，或小猫米尔，[2]
都未曾见擎天的蓝色第尔斯[3]！

是你，通过芳香，使我们从麻木中
产生歇斯底里的狂想；
是你激励我们走向纯真，
比所有马利亚[4]更单纯……

商人！佃农！通灵者！
你的诗韵雪白或玫瑰红，
如燃烧的钠光，

---

1 勒南（Ernest Renan，1823—1892），法国作家，著有《科学的未来》《以色列人的历史》。

2 小猫米尔，德国作家霍夫曼（E. T. A. Hoffmann，1776—1822）童话故事里的角色。

3 第尔斯（Thyrse），古希腊神话中酒神的女祭司所执的酒神杖，缠绕着常春藤，具有非凡魔力。

4 参见《初领圣体》和《醉舟》。

似橡胶从树里涌出！

游吟诗人！你黑色的诗中
折射出洁白、碧绿与鲜红，
绽放奇花
与电光蝴蝶！

看吧！这是地狱的世纪！
耸立的电线杆，
将要奏响铁歌的竖琴，
装饰你美妙的双肩！

尤其写到土豆的疾病，
用合辙押韵，
并让字里行间
充满神秘。

应该从特雷吉埃[1]
读到巴拉马里波[2]，

1　特雷吉埃（Tréguier），勒南的故乡，位于布列塔尼。

2　巴拉马里波（Paramaribo），圭亚那的一个地名。

再去阿谢特出版社，

去购买费吉埃先生的画册！[1]

1 阿谢特（Hachette），出版社名，一位名叫费吉埃的（Léon Figuier，1819—1894）的作者，曾于1865年在此出版社出版了《植物史》。

醉舟

沿着沉沉河水顺流而下，
我[1]已感觉不到纤夫引航：
咿咿呀呀的红种人把他们当成了活靶，
赤条条钉在彩色旗杆上[2]。

我已抛开所有船队，
它们满载着弗拉芒小麦或英吉利棉花。

1 “我”即醉舟，是小船本身开口说话。

2 红种人（les Peaux-Rouges，复数形式），有两种解释：一是指美洲的印第安人。和同时代的年轻人一样，兰波也读过一些美国探险小说，如詹姆斯·费尼莫尔·库柏（James Fenimore Cooper，1789—1851）的作品，其中包括对红皮肤的印第安人的描述。另有夏多布里昂的小说，如《阿达拉》第一页所描述的美洲“千条河流”及神秘的印第安部落，红皮肤的印第安人会将俘虏“钉在彩色旗杆上”，其中un poteau一词为“旗杆”或“木柱”。另一说在俾斯麦的引文中找到了证据，《醉舟》可被看作政治寓言：由于巴黎暴民于1871年2月26日对一个名叫维桑兹尼（Vincenzini）的间谍实施了私刑，德国首相俾斯麦在美国一家报纸上声称：“巴黎人都是红种人。”

当喧闹声和我的纤夫们一同破碎，
河流便顺遂我心，带我漂流天涯。

另一个冬季，当狂怒的潮水汩汩滔滔，
而我，比孩子的头脑更沉闷，
我狂奔！松开缆绳的半岛[1]
也从未领受过如此壮丽的混沌。

进入大海守夜，我接受风暴的洗礼，
在波浪上舞蹈，比浮漂更轻；
据说这浪上常漂来遇难者的尸体，
可一连十夜，我并不留恋灯塔稚嫩的眼睛！

比酸苹果汁流进孩子的嘴里更甜美，
绿水浸入我的松木船壳，
洗去我周身蓝色的酒污和呕吐污秽，
冲散了铁锚与船舵。

1　夏多布里昂曾在《前往美洲》中写道："春天，密苏里州从其海岸剥离大片土地。这些漂浮的岛屿散落至河边，树木覆盖着花叶，有些还立着，另一些则已半倒伏，令人称奇。"

至此我浸入了诗的海面，
静静吮吸着群星的乳汁，
吞噬着绿色地平线；惨白而疯狂的浪尖，
偶尔会漂来一具沉思的浮尸；

这时，天光骤然染红了碧波，
照彻迷狂而舒缓的节奏，
比酒精更烈，比竖琴更辽阔，
那爱情的苦水酿出棕红色的狂流！

我见过霹雳闪闪的苍穹，
了解激浪、湍流与龙卷风；我洞悉黑夜，
黎明激荡不已，有如鸽群腾空，
有时，我看见人们自认为看见的一切！

我看见低垂的太阳带着恐怖的斑点，
神秘莫测，映红紫色的凝血，
有如古代的戏剧演员，
远去的波浪翻动窗户上的百叶！

我梦见雪花纷飞的绿色夜晚，

一个亲吻缓缓升向大海的眼睛，
新奇的液汁涌流循环，
磷光歌手[1]眨着橙蓝的眼睛苏醒！

一连数月，我随着激浪冲撞暗礁，
好像歇斯底里的母牛，
并不指望马利亚闪亮的双脚[2]
会在喘息的海洋中降伏猛兽！

你可知我撞上了不可思议的佛罗里达，
在鲜花中渗入豹眼和人皮！
紧绷的彩虹如缰绳悬挂，
勒着海上青牛、马驹！

我看见大片的沼泽澎湃、发酵，
海怪在灯芯草的罗网中腐烂！
风暴来临之前巨浪倾倒，
遥远的瀑布坠入深渊！

---

1 这里或指海上发光的微生物，如夜光海藻。

2 通常渔民出海，妻子们就会在圣母马利亚的像前点燃烛火祈祷，祈求风平浪静，亲人平安归来。

冰川，银亮的太阳，珍珠色的碧波，
炭火般的苍穹！棕色海湾深处，沙滩蛮荒，
虫蛀的巨蟒从扭曲的树枝间坠落，
发出迷人的黑色幽香！

我真想向孩子们展示这些鲷鱼浮游，
在蓝色波浪中，这些会唱歌的鱼，
金色鱼群——鲜花泡沫摇荡着我的漂流，
难以言说的微风时而鼓起我的翅羽。

有时，殉道者厌倦了海角天涯，
大海的呜咽为我轻轻摇橹，
波浪向着黄色吸盘[1]抛撒阴暗的鲜花，
我静静待着，如双膝下跪的少妇……

有如一座小岛，鸟粪和纷乱的鸣叫
从栗色眼睛的飞鸟之间纷纷飘坠，
我正航行，这时，沉睡的浮尸碰到

1　向着黄色吸盘（aux ventouses jaunes），其中 ventouse 为阴性名词，指“（一些动物的）吸盘”“（医用）火罐”，这里或指吸附浪花的海藻。

我脆弱的缆绳，牵引我后退！……

而我，一叶轻舟迷失在杂草丛生的海湾，
又被风暴卷入一片无鸟的天湖，
那些炮舰和汉莎帆船[1]，
已不再打捞我水中沉醉的尸骨；

袅袅生烟，随紫气升腾，自由自在，
有如穿墙而过，我洞穿了赤色上苍，
凭借碧空涕泪与阳光苍苔，
给诗人带来甜美的果酱；

披着新月形的电光，我疾速奔流，
如疯狂的踏板，由黑色海马护送，
天空像一只燃烧的漏斗，
当七月用乱棍击溃天青石的苍穹。

---

1 原文 les violiers des Hanse，指汉莎同盟的帆船。汉莎同盟形成于 12 世纪中期，14 世纪晚期到 15 世纪初达到鼎盛，一度垄断波罗的海地区贸易。15 世纪中叶后逐渐解体。如今德国国家航空公司仍以“汉莎航空”命名。

一阵战栗，我感到五十里之外，
发情的巨兽和沉重的漩涡正呻吟、颤抖；
随着蓝色的静穆逐浪徘徊，
我痛惜那围在古老栅栏中的欧洲！

我看见恒星的群岛，岛上
迷狂的苍天向着航海者开启：
你就在这无底的深夜安睡、流放？
夜间金鸟无数，哦，那便是未来的活力？

——可我已伤心恸哭！黎明这般凄楚，
尽是残忍的冷月，苦涩的阳光：
辛酸的爱情充斥着我的沉醉、麻木。
哦，让我通体迸裂，散入海洋！

若是我渴慕欧洲之水，那该是
一片阴冷的碧潭，一个孩子蹲在水边，
伤心欲绝，朝向芬芳的黄昏，放出一只
脆弱有如五月蝴蝶的小船。

哦，波浪，在你的疲惫之中起伏跌宕，

我已无力去强占运棉者的航道，

无心再领受火焰与旌旗的荣光，

也不想再穿过那面目狰狞的浮桥[1]。

1 原文 ponton，阳性名词，有“浮桥”“码头”“趸船”的意思，这里指押送囚犯的船只。拿破仑战争（1803—1815）期间，英军曾用这种船只扣押法军俘虏。1871 年 5 月，巴黎公社失败，被俘的公社战士也曾被囚禁在这种船上，并押运至蛮荒、偏远的流放地。《醉舟》作于 1871 年巴黎公社失败后，全诗通篇（如“红种人”“五月蝴蝶”“面目狰狞的浮桥”）隐含着巴黎公社失败的影子。

元　音

A 黑，E 白，I 红，U 绿，O 蓝：元音，
终有一天我要道破你们隐秘的身世。
A，苍蝇身上闪亮的黑绒胸衣，
围着残忍的腐臭嗡嗡不已，阴暗的海湾；

E，汽船和乌篷的天真，
巍峨冰山的尖峰[1]，白袍皇帝，伞形花的颤动；
I，殷红，咳出的鲜血，美人嗔怒
或频饮罚酒时朱唇上的笑容；

U，圆圈，青绿海水神圣的战栗，
牛羊成群的牧场的宁静，炼金术士
宽阔的额上，智者的皱纹；

1　原文 E…lances des glaciers fiers…。在兰波眼里，元音字母皆象形文字：E 倒下即“山”，故译文多“山”。

O，奇异而尖锐的末日号角，

穿越星球与天使的寂寥：

——哦，奥米茄，她眼中的紫色柔光！

星星在哭泣……

星星在你耳心为玫瑰哭泣呻吟，
无限将苍白从颈项传至你腰间；
大海从你朱红的双乳沁出红晕，
人类将黑血凝在你高贵的胁边。

乌 鸦[1]

主啊，当牧场冰冷，
当悠扬的钟声，
落在萧瑟荒村……
自然界草木凋零，
你从浩渺长天，降下
亲切、美妙的乌鸦。

这奇异的军旅发出凄厉哀嚎，
寒风侵袭了你们的空巢！
你们，沿着昏黄的河流
与通往圣像之古道，
飞跃壕沟，穿越山洞，
散开，又重新聚拢！

---

1 《乌鸦》与《加西河》作于1870—1871年，其时，普法战争刚刚结束，法兰西惨败，整个国家笼罩着一片愁云惨雾。

法兰西冬天的原野，沉睡着日前
刚刚倒下的成千上万的死者，
你们黑压压的一群在上空盘旋，
让路上行人驻足回想！
或为了天职而声声召唤，
哦，我们的黑鸟，在为谁送葬！

然而，天空圣徒，在橡树之上，
桅杆隐没的迷人黄昏，
让五月草长莺飞，
只为牧场上，深深灌木丛中
那些无法逃离的人们，
战争的失败已无可挽回。

第三辑

记 忆

（1872）

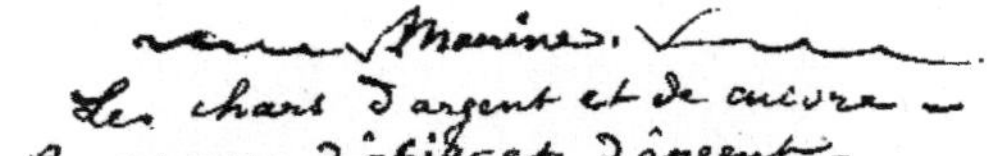
Marines.
Les chars d'argent et de cuivre —
Les proues d'acier et d'argent —

魏尔伦笔下的兰波

记 忆

I

清亮的水，如童年泪水中的盐，
女人身体的洁白对阳光的冲击，
纯如百合的丝绸，清澈绵延，
圣女[1]守卫的城墙下，猎猎旌旗；

天使的嬉戏；——不……是滔滔金流，
草丛中晃动的沉沉手臂，清新、幽暗。
在影中，她以青天为华盖，呼唤山丘、
小桥的影子来作窗帘。

---

1 原文 quelque pucelle，暗指圣女贞德（Jeanne la Pucelle，原名 Jeanne d' Arc，1412—1431），天主教圣徒，法兰西民族英雄，曾在英法百年战争（1337—1453）中率法军抵抗英军入侵，最终被处以火刑，壮烈殉道。

Ⅱ

哎呀！潮湿的幽窗轻吐纯净的气泡！
流水在床上铺开深不可测的苍白金流。
少女褪色的绿衣裙化作垂柳，
柳枝间跳跃着无拘无束的小鸟。

比金路易[1]更纯，睁着温热的金色眼睛，
忧伤的睡莲——你的山盟海誓，哦，佳偶！
——在稍纵即逝的正午，面对幽暗铜镜，
嫉妒那灰色天空中火红热切的玫瑰星球。

Ⅲ

夫人在附近的牧场伫立良久，
那里飘着劳动后的丰收瑞雪[2]，
她手持阳伞，踏着伞形花，自豪地

1 指印有国王（路易十三至路易十六）头像的金币。

2 原文 où neigent les fils du travail, 其中 fils 或为双关语：fil，阳性名词，意为“纱”“丝”“线”；复数形式 fils，即为“雪线”；而 fils，同时是阳性名词“儿子”。travail，阳性名词，意为“工作”“活儿”，这里或包含性的含义。

望着开花的草地上，孩子们正在翻阅

他们红色的羊皮书！
哎呀呀，有如无数白色天使中途离散，
他[1]就这样消失在深山幽谷！
自从他离去，她行色匆匆，冰冷、阴暗[2]！

IV

可怜那纯净芳草的毛茸茸的年轻手臂！
或那映照圣洁河床之心的四月月光！
废弃的河岸工地上的快乐欣喜，
落入催生腐朽的八月之夜的魔掌！

而此时她正在城墙下哭泣！
高处的白杨在微风中叹息。
随后是无影、无源之灰色一片：
老渔翁独自静坐船头，神色黯然。

---

1 “他”，原文 lui，或是太阳，或是“玫瑰星球”。
2 他与她，堪比太阳与河流，新郎与佳偶。

V

郁郁流水的眼睛，我够不着这玩具！
哦，小舟静止！哦，胳膊太短！
这朵，那朵：缠绕我的金黄睡莲，
灰烬色水面的蓝色知音，同样遥不可及。

啊，翅翼摇落的纷飞柳絮！
早已烟消云散的芦苇之嫣红！
我的小船静止不动；锚链被拖入苍茫流水
深深的眼底，或将陷入怎样的淤泥之中？

这对我们意味着什么？

这对我们意味着什么，我的心，擦去鲜血
与炭火，成千的谋杀者，所有地狱的哭喊，
疯狂的哀鸣，足以摧毁一切秩序；
朔风席卷着残骸与碎片；

一切都已报仇雪恨？没有！……——倘若可以，
我们情愿！工厂主、君王、元老院：
去死吧！力量、正义、历史：打倒你们！
这是我们的责任。血！血！金色的火焰！

将一切投入战争，投入复仇和恐惧，
我的精灵！让我们掉头猛攻！
啊，去吧，什么世界共和国、皇帝、
军团、上校、人民，够了！

谁在转动怒火的旋风，
除了我们自己，还有想象的兄弟？
为了我们，幻想的朋友：这很开心。
哦，烈焰熊熊，我永不再做苦力！

哪还有什么欧洲、亚洲、美洲，
我们复仇的脚步将踏遍全球，
城市和乡村！——我们将粉身碎骨！
火山喷发！沧海横流……

哦！我的朋友！——我的心，坚信：
陌生的黑人，他们是兄弟，我们义无反顾，
前进！前进！哦，糟糕！我开始发抖，
古老的土地，我越陷越深，陷入深深泥土。

米歇尔与克里斯蒂娜[1]

见鬼！假如太阳远离海岸，
闪亮的洪水退去！空留道路的影子。
垂柳依依，在那荣华、古老的庭院，
风暴最先投下大颗的雨滴。

哦，成群的羔羊，牧歌里的金发士兵，
枯瘦的欧石楠，引水渠，快逃逸！
旷野、沙漠、牧场、地平线，
红色风暴来袭。

黑犬，棕色牧人，斗篷被风鼓起，

1 原文 Michel et Christine——谜一样的诗题。参见斯克里布（Eugene Augustin Scribe）的同名滑稽歌舞剧。人们或将此诗看作这部古老的滑稽歌剧的“天真的副歌”，其中包含了兰波一直崇尚的“文字炼金术”：如 Christine 接近 Christ（基督）、Christianisme（基督教）。

快躲开这电光闪闪的时辰；
金色牛羊，当阴影与硝烟流逝，
向着更好的避难所逃遁！

可是主啊！我的精神已高飞，
随流云飞逝于红色冰天，
像一条铁轨，
穿越百座辽阔的索洛涅平原[1]！

成千的野狼、成千的野种，
并不爱恋牵牛花，却在宗教性的午后[2]
随风暴来临，潜入乌合之众
即将席卷的古老欧洲！

随后是新月，照彻荒野，
将黑色天空下战士的额头染红，
砾石哗哗作响，战马苍白，
伴随着这支骄傲的军旅缓缓前行！

---

1 索洛涅平原（Sologne），法国中央–卢瓦尔河谷的大片林地，位于巴黎盆地南部，卢瓦尔河及其支流谢尔河之间。

2 暗指革命风暴或将带来《启示录》中的末日审判。

——我将看见橙黄的丛林与明亮的山谷，
蓝眼睛的新娘，红额头的男子[1]，哦，高卢，
那只逾越节的白色羔羊[2]，踏着轻柔的脚步，
——米歇尔与克里斯蒂娜，——还有基督！
　　——牧歌到此结束。

1　在兰波眼里，革命者即圣徒；"红额头的男子"（l' homme au front rouge）让人联想到《醉舟》中的"红种人"（les Peaux-Rouges）。

2　逾越节的白色羔羊（le blanc agneau Pascal），按照希伯来人的传统习俗，在逾越节这一天宰杀并吃家养的羔羊。按照基督教教义，这只逾越节的羔羊象征上帝的儿子耶稣基督在人类复活节这一天牺牲了自己。

泪

远离飞鸟、牛羊、村姑，
我跪在欧石楠丛中畅饮，
四周是温柔的榛树林，
飘着午后潮湿的青雾。

这年轻的瓦兹河如何让我解渴，
无声的榆树，无花的青草，沉闷的天。
我能从这葫芦里汲取什么？
几滴发汗的金酒，滋味索然。

就这样，我成了小客栈破旧的招牌[1]。
随后，一阵风暴扫荡天空，直到傍晚。
湖水、钓竿，笼罩天地的暮霭，

1 原文 enseigne，阴性名词，“招牌”，或“旗帜”“旌旗”“旗标”。

幽蓝夜幕中的廊柱、车站。

林间流水没入纯净的沙滩。
从天而降的风，将冰雪散入水潭……
然而，有如垂钓黄金、贝壳的渔翁，
没有忧郁痛饮，实在遗憾！

加西河

加西河，默默地流，
流过陌生的山谷：
伴随着上百只乌鸦的叫声，
这天使的妙音：
伴随着杉树林剧烈振动，
当八面来风。

这古老的乡村，流动的一切
都带着令人愤怒的神秘：
参观的城堡，重要公园：
人们在河岸侧耳倾听，
游侠骑士逝去的热情：
那阵风，如此强劲！

从天窗看见这一切的行人：

愿他更加勇敢。

这群乌鸦，天主派来的森林士兵，

如此亲切、凄美！

让那狡猾的农民从此逃离，

他只会用衰老的独臂干杯。

渴的喜剧

I 祖先

我们是你的祖辈，
祖先！
挂着月亮和青草的
冷汗。
我们蒸干的酒有一颗心[1]！
在明晃晃的太阳下
还能做什么？畅饮。

我：死于蛮荒之河。

我们是你的祖先，
田园。

1 法语有俗语云：酒有身体。

水流浸入垂柳深处：
看那壕堑中的河流，
围绕着潮湿的城堡。
我们下到地窖；
然后喝奶，再喝苹果酒。

我：去母牛饮水之地。

我们是你的祖先；
过来，
到我们的柜子里自取；
真稀罕[1]，咖啡和茶
在壶里震颤。
——看那美景、鲜花，
我们从坟墓归来。

我：啊！喝干所有坛坛罐罐[2]！

---

1 因为在乡村。

2 原文 urne，阴性名词，这里包含两重含义：骨灰瓮，或酒壶、酒坛——因为“从坟墓归来”。

II 精神

永恒之水神[1]，

清流细分。

维纳斯，天庭的姐妹，

激起清澈潮水。

漂泊挪威的犹太人，

跟我说说风雪。

古老而亲切的流浪者，

跟我说说大海。

我：不，这些纯净之水，

玻璃瓶中的插花；

或传奇故事

都无从让我解渴；

歌手啊，唯有你的教女

让我疯狂渴求，

---

1 原文 Odine，日耳曼及北欧神话传说中的水神、水精。

内心无嘴的七头蛇，
缠绕着痛苦、忧愁。

Ⅲ 朋友

来吧，让美酒涌向海滩，
波浪绵绵不绝！
看那野性的青柠苦酒[1]，
滚滚坠落山巅！

智慧的朝圣者，
赢得苦艾酒[2]的绿色喷泉……

我：此景不再，
朋友，何以沉醉？

---

1 一种由柠檬水、浓缩青柠汁和安哥斯图娜苦酒调成的饮料，又称柠檬青柠苦酒，酒精含量较低，有时也会被当作无酒精的鸡尾酒。

2 一种烈酒，史书中又称之为“缪斯”（la muse）、“绿仙子”（la fée verte）——原本透明无色，但人们自古就喜欢给它注入天然绿色植物。这种酒兴起于18世纪后期的瑞士，在19世纪末和20世纪初成为法国大受欢迎的酒精饮料，尤其是在巴黎的艺术家和作家群体中。著名饮者包括：兰波、魏尔伦、波德莱尔、凡·高、海明威、王尔德等作家、艺术家。

可我，甚至宁愿
在池塘中腐烂，
躺在可怕的凝脂之下，
摇荡的树林边。

Ⅳ 穷人的梦想

或许有一个夜晚在等我，
我会坐在那儿默默饮酒，
在某座古城，
我会欣然死去：
因为我是病夫！

如果我病情持续，
如果我有点黄金，
我该去北方
或葡萄园？……
——啊！梦想令人羞愧。

因为那是纯粹的失去！

即使我重新变回
旧时行旅，
再没有一个绿色客栈[1]
能为我敞开。

V 结论

鸽群在牧场上颤抖，
猎物奔跑，并在夜间寻视，
水禽、家畜，
最后的蝴蝶！……同样干渴。

不如在流云深处融化，
——哦！化入这份清新！
死于潮湿的三色堇，
让晨曦浸染森林？

1872 年 5 月

---

1 绿色客栈（l' auberge verte），参见《绿色小酒店》。

晨思

夏日，凌晨四点，
爱情的睡梦仍在持续，
林中晨曦，
散发着节日之夜的气息。

而在辽阔的工地上，
迎着赫斯佩里得斯[1]的太阳，
木工们已卷起袖子，
大干一场。

在苔藓斑驳的荒漠，他们
默默搭建精美的天花板，
而城市富人，

1 赫斯佩里得斯（Hespérides），希腊神话中的女神，住在地球西边的果园里，看护金苹果树。

将在那虚假的天空下寻欢。

啊！为了这些美好的工人们，
巴比伦国王的臣民，
维纳斯！暂且离开那些“情人”，
他们的灵魂戴着花冠。

哦，牧羊人的女王！
快给工人们送去玉液琼浆，
愿他们的力量平静和缓，
以等待正午，沐浴沧海茫茫。

1872 年 5 月

耐心的节日[1]

I 五月的飘带[2]

在椴树明亮的枝头，

病恹恹的号角[3]渐渐止息。

---

1 组诗《耐心的节日》《饥饿的节日》《渴的喜剧》作于1872年春季和初夏。这些神秘的标题意思并不确定，但总体是在痛苦中欢庆春天来临，歌咏各种心愿和欲望。诗句短促，如歌如乐，或受魏尔伦诗风影响。根据让-卢克·斯坦梅兹的研究，此前的1871年9月至1872年2月，兰波一直和魏尔伦一起待在巴黎，之后被迫离开，因为魏尔伦担心自己的家庭。在此后的流浪途中，兰波不断给魏尔伦写信，还寄去一些诗歌。据魏尔伦回忆，兰波说到自己渴望“改变生活”“重塑爱情”，最欣赏“精神狩猎”，后来创作的《醉舟》便是如此，达到新的高峰。

2 这里指系在树上表达心愿的丝带，庆祝春天来临，表达身心欲求。马克·艾格丁格（Marc Eigeldinger）认为，这首诗歌，通过光和植物的结合，“暗示春天的风景、树木和水果之间充满欢乐的光辉”。让-卢克·斯坦梅兹认为，五月是献给圣母马利亚的节庆月，各地都有崇拜和节庆仪式，包括乡村的游行庆祝，请天堂圣徒来保护田野。而崇拜自然的兰波，在此创造了全新的庆祝仪式：让黑加仑、葡萄藤一并在光中欢笑歌唱。

3 号角（hallali），阳性名词，指围猎时，表示猎物已被猎犬围住的呼声或号角声。

然而精神之歌
在黑加仑[1]树枝间飘飞。
让我们的血液在静脉中欢笑，
这里的葡萄藤，枝蔓缠绕。
天空如天使般美好。
海天一色。我走到户外，
若有一束光将我刺伤，
我将死于苍苔。

当人们抑郁，忍耐如此简单。
愿我的愁苦，烟消云散。
愿戏剧性的夏天，
将我绑在幸运彩车上。
让我穿越你，哦，大自然，
少一份孤独、凄凉！——让我死个痛快。
笑看这群牧师，可笑又滑稽，
他们活在人间，已近乎死去。

1 黑加仑（groseille），阴性名词，又名黑醋栗、黑茶藨子、黑穗醋栗、黑豆果、旱葡萄，为虎耳草目茶藨子科小型灌木，其成熟果实为黑色小浆果。

…………

愿四季轮回，将我磨损，
大自然，我交给你；
我的饥饿，我的干渴，
请你喂养，请你滋润。
再没有什么能激起我的幻想；
人们朝着父母微笑，如向着太阳，
可我对谁都笑不出来，
但愿这份不幸，自由自在。

1872 年 5 月

Ⅱ 高塔之歌

闲散的青春，
饱受奴役，

精致优雅[1]，
让我失去生命。
啊！愿往昔归来，
心心相爱。

我暗自思忖：就这样
从公众视野消失：
并不许诺
无上欢愉。
什么也不能阻止
你庄严隐退。

我如此耐心，
以致遗忘；
恐惧、痛苦，
飞升天庭。
渴饮不洁之水，

1 原文 par délicatesse，这个词通常是褒义，指精神气质的精致、优雅，对外界事物的灵敏，以及对他人的敏感。但也包含贬义：指对自己的过度要求，造成在现实中的软弱无力；过分看重自己的名誉，即太爱惜自己的羽毛，过分在意别人的意见和别人对自己的看法等。这里显然是指后者。

我的血脉浑浊不清。

有如牧场
任人遗忘，
渐渐扩大，
开满乳香花、黑麦草花，
肮脏的苍蝇黑压压
嗡嗡不已。

啊！可怜无数灵魂，
鳏寡孤独，
唯有幻想
圣母音容！
人们是否应向
圣母马利亚祈祷？

闲散的青春，
饱受奴役，
精致优雅，
让我失去生命。
啊！愿往昔归来，

心心相爱。

1872年5月

Ⅲ 永恒

终于找到了。
什么？——永恒。
那是沧海
随太阳消逝。

灵魂哨兵，
轻吐心声，
诉说黑夜空虚，
清晨如火。

众生赞誉，
普遍冲动，
你就此飞升，
超脱凡尘。

唯有从您

丝般炭火，
展现“使命”，
不说：最终。

没有希望，
没有新生，
科学与耐心，
难逃苦刑。

终于找到了。
什么？——永恒。
那是沧海，
随太阳消逝。

1872 年 5 月

IV 黄金时代

有一种声音
如来自天使
——是关于我的，——

如此清晰：

成堆的疑问，
分枝细密，
最终只导致
疯狂与沉醉。

回味这一切，
如此欢愉、简单：
唯有波浪、花草，
是你的家园！

而后她开始歌唱。
哦，如此简单、欢愉：
裸眼可见……
——我与她共唱一曲，——

回味这一切，
如此欢愉、简单：
只有波浪、花草，
是你的家园！……

随后有一种声音
——如来自天使！——
是关于我的，
如此清晰；

歌唱的瞬间，
如姐妹的气息：
以德意志的音调，
热情洋溢：

世界是邪恶的；
这是否让你吃惊！
将昏暗的不幸，
扔进生活的火堆。

哦！美丽城堡，
你的生命如此明亮！
你来自哪个时代，
我们伟大兄长的
帝王天性，以及……

而我，我也歌唱：
众多姐妹！那声音
鲜为人知！
围绕我吧，
那羞怯的荣誉……

1872年6月

年轻夫妇[1]

卧室朝向灰蓝的天空；
地方狭小：大木箱挨着小木匣，
墙外开满了马兜铃儿花，
小精灵在花丛中吱吱磨牙。

这真是精灵的神机妙算，
这份花销，这徒劳的混乱！
那非洲仙女提供桑果，
蜘蛛网挂满每个角落。

几个心怀不满的教母鱼贯而入，
晃着明亮的裙裾，走进碗橱，

1　写这首诗时，兰波正住在巴黎索邦大学对面的克吕尼旅馆。一种观点认为，这首诗暗示了诗人与魏尔伦。另一种观点认为，这是诗人对着敞开的窗口，从看见的情景发挥想象。

然后就待在里面！主人缺席，
不要紧，反正什么都还没有备齐。

一阵风骗过了丈夫，当他缺席，
就连湿漉漉的水精灵也不怀好意，
潜入洞房，并时时穿梭
往来，飘荡游移。

那一夜，女友哦！蜜月[1]将采撷
他们的微笑，并向苍天
抛撒千丝万缕的青铜色发带，
而后，再去同狡黠的老鼠周旋。

——如果晚祷之后，那一发枪弹似的
苍白鬼火并未出现，
——哦，伯利恒[2]神圣的白色幽灵，
不如去诱惑他们窗前之碧蓝！

1872 年 6 月 27 日

1 蜜月（la lune de miel），双关语："新婚蜜月"，或"蜜的月亮"。
2 伯利恒（Bethléem），《圣经》中耶稣的出生地。

布鲁塞尔[1]

莱让林荫道

从千穗谷[2]花坛，
到朱庇特的逍遥宫，
——我知道是你，将近乎
撒哈拉的碧空渗入其中！

恰似阳光中的玫瑰与冷杉，
藤蔓也围在一处嬉戏，

1　原诗无题，勉强以“布鲁塞尔”为题，表明地点并作为提示。根据让-卢克·斯坦梅兹的注释，这首诗作于1872年前后，当时兰波正与魏尔伦一同出行至布鲁塞尔。参见同时期魏尔伦的《无词浪漫曲》《往昔与近来》。

2　千穗谷（amarante），阴性名词，苋属植物，包括千穗谷、鸡冠花等。“amarante”一词源于希腊语的“不朽”“永恒”，诗中暗指“朱庇特的逍遥王宫”。

这小寡妇的巢穴[1]！……
这是怎样的
鸟群，哎呀，哎呀呀！……

——宁静的屋宇，古老的热情！
因爱情而疯狂的少女[2]的凉亭。
朱丽叶低矮的阳台[3]，
布满轻柔的玫瑰花影。

朱丽叶，让人想起亨利耶特[4]，
铁路边的一个迷人的站台，
在大山心里，如在果园深处，

---

1 小寡妇的巢穴，原文 Cage de la petite veuve，暗指下文“鸟群”。在兰波眼里，它们与自己同病相怜——“流落异乡”，如“小寡妇”一般失去伴侣。参见《高塔之歌》：“啊！可怜无数灵魂，鳏寡孤独……”（Mille veuvages de la si pauvre âme...）其中 veuvage 为阳性名词，意为“鳏居”“孀居”，比喻灵魂失去伴侣，悲伤、孤苦。

2 指《哈姆莱特》中的奥菲利娅，参见《奥菲利娅》；或指下文中“苍白的伊索特”，抑或其他因爱情而疯癫的少女。

3 参见莎士比亚悲剧《罗密欧与朱丽叶》，同样为爱痴狂的朱丽叶，阳台是她爱情的圣地。

4 亨利耶特（Henriette），莫里哀喜剧《可笑的女才子》中的人物。兰波的老师，邦维勒曾在其作品《白色道路》（*La Voie lactée*）中，将朱丽叶与亨利耶特联系起来。

那儿有成千的蓝色妖姬在空中起舞！

绿色长椅上端坐着苍白的爱尔兰女子[1]，
和着竖琴[2]，歌唱暴风雨的天堂。
而后，从圭亚那风格的[3]餐厅传出孩子
和笼中鸟儿叽叽喳喳的回响。

公爵的窗口[4]，让我想起
蜗牛之毒，黄杨林安睡
在这片阳光里，美极了！

---

1 原文 la blanche irlandaise，12 世纪传说中的爱尔兰女子，“苍白的伊索特”。相传亚瑟王的圆桌骑士之一，武艺高强的特里斯当（Tristan）爱上的一位名叫伊索特（Yseut）的女子，但这位伊索特也是马尔科国王之所爱，特里斯当被迫离开。之后机缘巧合，他迎娶的另一名女子也叫伊索特，而他心中对过去那位伊索特难以忘怀，思念与日俱增。为区别两者，他称从前的那位为“金发伊索特”，之后的叫“白手伊索特”。直到后来，特里斯当在一场战役中负伤倒下，临终前祈愿要与“金发伊索特”相见。按照约定，如果她来了，船上就挂白帆；若她没来，船上就挂黑帆。而最终，“金发伊索特”来了，但出于嫉妒，妻子“白手伊索特”对苦苦等待的特里斯当说，归帆是黑色的。特里斯当于是死在她怀里。

2 据皮埃尔·布鲁奈勒考证，此处是指克里特人的竖琴。

3 参见《与诗人谈花》（III）。或受到夏多布里昂作品的影响，兰波诗中常出现南美风光。参见《醉舟》第一节。这里指餐厅内的陈设。

4 根据让-卢克·斯坦梅兹的注释，兰波住在阿朗贝格公爵家期间，曾经说起他如何与蜗牛联盟，成立了一个协会。

让我们沉默不语。

——林荫道没有扬尘，也没有店铺，
所有悲喜剧都无声无息，融入
无限场景，我认识并默默赞美你。

她是东方舞女?

她是东方舞女[1]? ……当天光破晓,
她就像火焰花一样枯萎……
远远近近,人们都呼吸着
满城花香,处处开花吐蕊!

太美太美了!但却是必须的——
为了《渔家女》和《海盗之歌》[2],
为了假面舞会上最后的喜悦,
相信那纯净的海面浮动着夜的佳节!

1872 年 7 月

1 东方舞女(almée),根据让-卢克·斯坦梅兹考证,这个词在阿拉伯语中,是指女先知。

2 意大利作曲家威尔第(Giuseppe Verdi, 1813—1901)曾将拜伦长诗《海盗》改编成歌剧《海盗之歌》。

饥饿的节日

我的饥饿，安娜，安娜，
骑驴逃吧[1]。

如果我有胃口，
只爱吃土和石头。
叮！叮！叮！叮！让我们吃空气，
吃煤，吃铁，吃岩石。

我的饥饿，回转身来，饿了，
就拿有声的牧场充饥，
从牵牛花中
吮吸快乐毒汁；

1 这里是个文字游戏：法语安娜（Anne）和驴（âne）拼写相近，发音相同。

吃吧
一个穷人敲碎的石子，
教堂古老的巨石、卵石，
洪水之子，
灰山谷中沉睡的粮食！

我的饥饿，是团团黑雾；
蓝色敲钟人；
——我的胃将我牵引。
真是不幸。

地面落叶缤纷，
我要成熟的果肉。
在满布犁痕的胸膛，
采撷野苣[1]与三色堇。

我的饥饿，安娜，安娜，
骑驴逃吧。

1 野苣（doucette），阴性名词，此处为双关语，它的另一个意思是“温文尔雅的女人”。

狼 嚎

狼在枝叶间嚎叫，
口吐美丽羽毛，
享用着美味家禽，
和它一样，我将自己耗尽。

沙拉、水果，
只等采撷，
而仇恨的蜘蛛，
只吃紫罗兰。

让我睡吧，让我沸腾于
所罗门祭坛。
汤汁在铁锈上流淌，
渗入汲沦溪。

你听，四月里……

你听，四月里，
金合欢附近，
豌豆的绿枝间，
鹿群声声哀嚎！

袅袅轻雾，
向着月宫[1]升腾！
看那往昔圣人，
不安地昂起头颅……

远离海角那明亮的山岩，
亲爱的古人
站在美丽屋顶，

1 原文 Phoebé，这里指罗马神话中的月神狄安娜。

想要暗藏的春药……

没有节日，
没有星辰，
这一夜，
唯有迷雾升腾。

然而在西西里、德意志，
他们沉浸在愁惨、
灰白的雾中，
正是如此！

哦，季节，哦，城楼

哦，季节，哦，城楼，
什么样的灵魂完美无缺？

哦，季节，哦，城楼，

对于幸福我做过神奇的研究，
至今没人能将它参透。

哦，向幸福致敬，
每当高卢雄鸡啼鸣。

可我已不再奢求，
它已主宰我的命运。

这魔力攫取了身心，

将一切努力化为泡影。
我的话结果如何？
她如云烟仓皇飞逝！

哦，季节，哦，城楼！

我思，我读，我在

Cogito, Lego, Sum